Die drei ??? –
Der schwarze Skorpion

cbj

DIE SERIE

??? »Drei Fragezeichen« – das ist das Symbol des wohl bekanntesten Junior-Detektivteams der Jugendliteratur. War die Aufklärung geheimnisvoller, oft gefährlicher Kriminalfälle für Justus, Bob und Peter aus Rocky Beach in Kalifornien zunächst nur ein Zeitvertreib, so hat sich daraus nach und nach eine ernsthafte Nebenbeschäftigung für freie Stunden und Schulferien entwickelt. Ihre Zentrale, einen ausrangierten Campingwagen, haben die drei mit Telefon, Computer, Fotolabor, Periskop und mancherlei selbst gebastelten Apparaten eingerichtet, die ihnen modernste Ermittlungstechniken ermöglichen. Doch jeder Fall erfordert vorwiegend Köpfchen, Ausdauer und Mut – und ohne Justus' Superhirn, Bobs Forscherdrang und Peters Sportsgeist kämen die drei trotz ihrer technischen Ausrüstung nicht zum Ziel.

Von den drei ??? sind als cbj Taschenbuch erschienen:

Die drei ??? und der magische Kreis (20499) · **Die drei ??? und der weinende Sarg** (20471) · **Die drei ??? und der verrückte Maler** (20545) · **Die drei ??? und der Höhlenmensch** (21022) · **Die drei ??? – Die Schattenmänner** (21751) · **Die drei ??? und die Perlenvögel** (20583) · **Die drei ??? und der gestohlene Preis** (20582) · **Die drei ??? und die Musikpiraten** (20580) · **Die drei ??? und der Schatz im Bergsee** (20713) · **Die drei ??? – Späte Rache** (21752) · **Die drei ??? und der Automarder** (20765) · **Die drei ??? und das Geheimnis der Särge** (20768) · **Die drei ??? – Der rasende Löwe** (21755) · **Die drei ??? und der unsichtbare Gegner** (20766) · **Die drei ??? – Angriff der Computerviren** (21753) · **Die drei ??? und der Spuk im Hotel** (20993) · **Die drei ??? und der Diamantenschmuggel** (20994) · **Die drei ??? und die Fußballgangster** (21020) · **Die drei ??? – Schüsse aus dem Dunkel** (21756) · **Die drei ??? und der lachende Schatten** (21138) · **Die drei ??? und der Ameisenmensch** (21141) · **Die drei ??? und der unheimliche Drache** (21178) · **Die drei ??? und der Teufelsberg** (21180) · **Die drei ??? und der Zauberspiegel** (21181) · **Die drei ??? – Die singende Schlange** (21754) · **Die drei ??? und die Silbermine** (21183) · **Die drei ??? – Der Doppelgänger** (21858) · **Die drei ??? – Geheimsache Ufo** (21185) · **Die drei ??? – Das Gold der Wikinger** (21859) · **Die drei ??? und der Nebelberg** (21371) · **Die drei ??? im Bann des Voodoo** (21372) · **Die drei ??? und der Dopingmixer** (20546) · **Die drei ??? – Das Erbe des Meisterdiebs** (21373) · **Die drei ??? und die Automafia** (27070) · **Die drei ??? und die Karten des Bösen** (21370) · **Die drei ??? und die Schlucht der Dämonen** (27071) · **Die drei ??? und die Villa der Toten** (21715) · **Die drei ??? – Der schrullige Millionär** (21759) · **Die drei ??? – Der Feuerturm** (21746) · **Die drei ??? – Die bedrohte Ranch** (21760) · **Die drei ??? – Panik im Park** (21739) · **Die drei ??? – Der verschwundene Filmstar** (21737)

Als OMNIBUS-Doppeldecker sind erschienen:

Die drei ??? und der Karpatenhund/Die drei ??? und das Narbengesicht (20040) · **Die drei ??? und die Fußballgangster/Die drei ??? und der Diamantenschmuggel** (21293)

Weitere Titel der Serie sind in Vorbereitung.

Die drei ???
Der schwarze Skorpion

Erzählt von
Marco Sonnleitner

cbj

cbj
ist der Kinder- und Jugendbuchverlag
in der Verlagsgruppe Random House

FSC
Mix
Produktgruppe aus vorbildlich
bewirtschafteten Wäldern und
anderen kontrollierten Herkünften

Zert.-Nr. SGS-COC-1940
www.fsc.org

Verlagsgruppe Random House FSC-DEU-0100
Das für dieses Buch verwendete
FSC-zertifizierte Papier *München Super*
liefert Mochenwangen.

1. Auflage
Erstmals als cbj Taschenbuch März 2009
Gesetzt nach den Regeln der Rechtschreibreform

Based on characters by Robert Arthur.
This work published by arrangement with
Random House, Inc.

Umschlagbild: Thilo Krapp
Umschlaggestaltung: knaus. büro für konzep-
tionelle und visuelle identitäten, Würzburg
MI · Herstellung: CZ
Satz: Uhl+Massopust, Aalen
Druck und Bindung: GGP Media GmbH, Pößneck
ISBN: 978-3-570-21740-5
Printed in Germany

www.cbj-verlag.de

Inhalt

Der Tod im Sand

»Wahnsinn! Einfach Wahnsinn!« Peter griff sich fassungslos an den Kopf. »Habt ihr diesen gnadenlosen Schmetterschlag gesehen? Der kam ja fast senkrecht hinterm Netz wieder runter! Wahnsinn!«

»Der Typ kann einfach abartig hochspringen.« Bob zeigte auf den braun gebrannten Spieler, der sich eben mit seinem Partner abklatschte. »Deswegen kommt er mit der Hand so gut über den Ball.«

»Ja, wie 'n Flummi.« Peter hatte sich noch immer nicht beruhigt. »Der muss Sprungfedern in den Beinen haben.«

»Jetzt wird's eng für die Brasilianer!«

»Die sind fertig!« Peter nickte zuversichtlich. »Wirst schon sehen! Die kommen nicht mehr zurück!«

Justus folgte dem Treiben auf dem sandigen Spielfeld genauso wenig wie der Unterhaltung seiner beiden Freunde. Ihm war einfach nur heiß, unsäglich heiß.

Die Bilder und Farben verschwammen allmählich vor seinen Augen, und er glaubte, förmlich riechen zu können, wie die Sonne seine Haut verbrannte. Überall trat ihm der Schweiß aus den Poren, floss in schmalen Rinnsalen den Rücken hinab oder über die kleinen Speckröllchen an seinem Bauch und versickerte schließlich im Bund seiner Badehose.

Und außerdem war es ihm hier viel zu eng – und zu laut. Hunderte halb nackter Körper saßen dicht gedrängt hinter der Absperrung im Sand und brüllten sich die Seele aus dem Leib, um ihre Favoriten anzufeuern. Und weil alle den Stars dieser Beachvolleyballweltmeisterschaft möglichst nahe sein wollten, quetschten sie sich immer weiter nach vorne und schoben sich dabei mehr und mehr zusammen.

Wie die Ölsardinen, dachte der Erste Detektiv, *nur dass Ölsardinen nicht so schreien.*

»... und einen nicht dauernd anrempeln!«, fauchte er plötzlich und drehte sich um. Dort hatte sich ihm gerade zum wiederholten Male ein Knie schmerzhaft in den Rücken gebohrt.

»Neunzehn zu zwölf!« Der Besitzer des aufdringlichen Knies strahlte Justus begeistert an. »Noch zwei Punkte und wir sind eine Runde weiter!«

»Das ist zwar sehr erfreulich«, erwiderte Justus gereizt, »aber noch lange kein Grund, mir andauernd Ihr Knie –«

»Time-out!«, rief Peter in diesem Moment und packte Justus an der Schulter. »Die beiden Brasilianer nehmen ihr letztes Time-out!«

»Bitte?« Justus drehte sich wieder herum.

»Verdammt!«, fuhr Justus' Hintermann auf und rammte ihm noch einmal sein Knie in den Rücken. »Die Kerle wollen uns aus dem Rhythmus bringen!«

Justus stöhnte entnervt und verdrehte die Augen.

Es war sinnlos, einfach sinnlos. Dieser Kniequäler hinter ihm würde es nie kapieren.

»Geht's dir gut?« Peter sah Justus fragend an, weil er nicht wusste, wie er dessen leidende Miene deuten sollte.

»Alles bestens.« Justus lächelte dünn. »Mordsstimmung, schön warm, nette Leute – einfach fantastisch hier.«

»Nicht wahr?« Peter war im Moment viel zu aufgedreht, um den ironischen Unterton in Justus' Stimme zu bemerken. »Hier geht die Post ab! War wirklich eine prima Idee von euch, hierherzukommen, echt toll! Danke noch mal!«

»Nichts zu danken«, antwortete Bob.

»Gern geschehen.« Noch einmal zwang sich der Erste Detektiv zu einem Lächeln. Aber das mit der prima Idee sah er inzwischen doch etwas anders.

Bob und er hatten nach einem Geburtstagsgeschenk für Peter gesucht und waren dabei in der Zeitung auf dieses Turnier gestoßen. Ein Beachvolleyballweltmeisterschafts-Turnier hier in Rocky Beach! Beiden war sofort klar gewesen, dass sie das passende Geschenk für ihr Sportass gefunden hatten – eine Eintrittskarte für eines der Spiele! Und natürlich wollten sie für sich auch Karten besorgen, damit sie alle drei zusammen hingehen konnten.

Doch leider waren die Spiele an den Finaltagen schon ausverkauft gewesen, deswegen hatten sie nur noch Karten für ein Vorrundenmatch bekommen. Aber Justus und Bob waren sich sicher gewesen, dass Peter auch an so einem Spiel seinen Spaß haben würde.

Und so war es dann auch gewesen. Peter hatte sich irrsinnig gefreut über das Geschenk und dem Tag entgegengefiebert. Glücklicherweise hatten Justus und Bob auch noch drei Tickets für ein Spiel der amerikanischen Titelverteidiger Ken Parker und John Trevis ergattert. Sie mussten gegen die Brasilianer da Silva und Carlos antreten, gegen die sie sogar mehr Schwierigkeiten hatten als erwartet, weswegen es bisher ein heiß umkämpftes Match war.

Peter hatte die Begegnung von Anfang an in ihren Bann gezogen. Er kommentierte jeden Spielzug, feuerte die Amerikaner lautstark an, ärgerte sich über Punkte der Gegner und steigerte sich immer mehr in die Partie hinein.

Doch sosehr sich Justus darüber freute, dass ihr Geschenk bei Peter gut ankam, sosehr bereute er es schon, dass er sich das alles überhaupt angetan hatte. Er war nun einmal keine Sportskanone. Nur im Wasser, und da auch nur im Brustschwimmen, machte er zur Überraschung aller eine einigermaßen gute Figur. Ansonsten hatte er jedoch zum Sport ein eher gespanntes Verhältnis, und es interessierte ihn im Gegensatz zu Peter und Bob auch nicht sonderlich, wer wie weit hüpfte, warf, lief, schwamm und so fort.

Und es interessierte ihn daher auch überhaupt nicht, wer wie oft diesen weißen Ball in den Boden hämmerte. *Schlimm genug*, sagte sich Justus, *dass erwachsene Menschen unter sengender Sonne bis zur Erschöp-*

fung durch den Sand hechten. Dass das ungesund war, wusste doch jedes Kind. Aber deswegen musste er sich hier doch nicht grillen, anbrüllen und von fremden Knien foltern lassen!

Doch Justus riss sich zusammen. Er wollte Peter den Tag nicht verderben. Es war dessen Tag.

»Und warum hören die jetzt auf?«, fragte er ihn daher möglichst interessiert und deutete zu den Spielern, die mittlerweile auf ihren Bänken am Rande des Spielfelds Platz genommen hatten. Mit dem Rücken zu den drei ??? saßen die vier durchtrainierten Sportler keine zehn Meter von ihnen entfernt – unter Sonnenschirmen!

»Die hören nicht auf«, antwortete Peter. »Die Brasilianer nehmen sich nur ihre letzte Auszeit in der Hoffnung, dass sie Parker und Trevis damit ein wenig aus dem Konzept bringen können. Die beiden haben ihnen ja in den letzten Minuten die Bälle nur so um die Ohren geschlagen.«

»Aber wenn du mich fragst«, meldete sich Bob zu Wort, »dann hilft ihnen das auch nichts mehr. Drei, vier Spielzüge und das Match ist im Sack.«

Und wir können endlich nach Hause gehen, dachte sich Justus erleichtert. Peter und Bob bekamen allerdings nur ein »Na, dann hoffen wir mal das Beste« zu hören.

Der Erste Detektiv ließ seinen Blick durch die Zuschauermengen schweifen. Auf der gegenüberliegenden Haupttribüne versuchte man gerade, eine La-Ola-Welle in Gang zu bringen, die aber schon in der rechten Seitentribüne wieder abebbte, weil dort die brasilianischen Fans standen. Und die hatten im Moment verständlicherweise keine Lust auf La Ola.

Gott sei Dank, sagte sich Justus, der schon befürchtet hatte, dass *er* sich jetzt hier auch noch körperlich betätigen müsste. Dann griff er nach seiner Sporttasche. Sie waren vor dem Spiel noch schwimmen gewesen und in der blauen Tasche befanden sich sein Badezeug, ein Pullover und eine Jeans für die Fahrt nach Hause.

Er stopfte sich die Tasche gerade in den Rücken, um es sich die letzten paar Minuten etwas bequemer zu machen, als ihm eine ruckartige Bewegung eines der amerikanischen Spieler ins Auge fiel. Es war Trevis gewesen, der Größere der beiden. Er hatte eben etwas getrunken, als er urplötzlich von seinem Partner weggerückt war, so als hätte ihn eine gewaltige Faust gepackt und zur Seite gezogen.

Im nächsten Moment schnellte er auf, warf die Trinkflasche in hohem Bogen davon und sprang mit einem unglaublichen Satz ein paar Meter nach vorne. Irgendetwas schrie er dabei, etwas, was Justus nicht verstehen konnte, und kaum dass er gelandet war, wirbelte er wieder herum und starrte mit weit aufgerissenen Augen zur Bank.

Das alles hatte sich in nur zwei oder drei Sekunden abgespielt, aber inzwischen hatten auch einige andere Zuschauer sowie Peter und Bob gemerkt, dass da vorne etwas nicht stimmte. Neugierig reckten sie die Hälse, um besser sehen zu können.

Parker hingegen, der andere Spieler, saß immer noch auf seiner Bank und schaute Trevis verwundert an. Er hob sogar beide Hände, so als wollte er ihn fragen: »Was ist denn los?«

Trevis zeigte wie verrückt auf oder unter die Bank und brüllte: »Da! Da! Sieh doch!«

Und dann ging alles ganz schnell. In dem Augenblick, in dem die drei ??? das krabbelnde, grünlichschwarze Etwas zu Füßen Parkers ausgemacht hatten, stieß der schon einen entsetzten Schrei aus und hechtete zur Seite.

»Was ist das?«, fragte Bob aufgeregt und sprang auf. »Könnt ihr das erkennen?«

»Nein!«, sagte Peter und kam ebenfalls auf die Füße. »Ich habe nur irgendetwas Schwarzes gesehen, das krabbelt.«

»Parker! Seht doch, was mit Parker ist!«, rief Justus und deutete auf den Spieler, der sich wenige Meter von ihnen entfernt schreiend im Sand wälzte und sich seinen linken Unterschenkel hielt.

»Ein Skorpion!«, kreischte in diesem Augenblick ein Zuschauer, der ganz vorne stand. »Es ist ein riesiger Skorpion!«

»Ein Skorpion!« – »Skorpion!«, gellten andere Schreie durch die Luft. »Ein Skorpion hat Parker erwischt!«

»Ein Skorpion?« Bob sah seine Freunde entgeistert an. »Verdammt, wie kommt so ein Vieh hierher an den Strand? Ich dachte, die wären –«

»Der kommt auf uns zu!«, unterbrach ihn in diesem Moment ein anderer entsetzter Fan. »Der kriecht unter der Absperrung durch! Lasst mich raus! Ich will raus! Platz da!«

Von einer Sekunde auf die andere verwandelte sich die Zuschauermenge in ein kreischendes, schiebendes und flüchtendes Meer von Armen und Beinen. Jeder wollte nur noch weg von dem giftigen Kriechtier und bahnte sich rücksichtslos seinen Weg durch die Massen. Dabei hatten nur noch einige andere das gefährliche Spinnentier aus nächster Nähe gesehen, aber den meisten reichten die panischen Rufe, um so schnell wie möglich das Weite zu suchen.

»Lauft, Leute! Die trampeln uns nieder!«, rief Peter noch, dann wurde er schon von den ersten Flüchtenden grob vorwärtsgestoßen.

Auch Bob erging es nicht sehr viel besser. Er bekam einen Ellenbogen gegen den Kopf und sah kurzzeitig Sternchen, schaffte es aber dann doch, sich in der drängenden Menschenwoge zu behaupten.

»Wartet!«, rief Justus. Aber er hatte sich noch nicht ganz aufgerappelt, als ihn einer der Flüchtenden schon wieder zu Boden warf. Laut fluchend kippte der Erste Detektiv vorwärts in den Sand. Im nächsten Moment trat ihm ein anderer auf die Hand und kickte seine Sporttasche davon.

»Aua!«, rief Justus. »Pass doch auf, wo du hintrittst.«

»Justus!«, brüllte Peter von irgendwoher. »Wo bleibst du denn?«

»Ich genieße die Aussicht!«, gab Justus ärgerlich zurück.

»Mach, dass du da wegkommst!«, rief Bob.

»Das versuche ich ja! Aber die lassen mich nicht mal aufstehen!« Justus kroch ein paar Meter, um seine Sporttasche wiederzubekommen, auf der die panisch flüchtenden Zuschauer achtlos herumtrampelten.

Er wollte sich eben erneut aufrichten, als er unter seinen Achseln hindurch einen Mann mit hochrotem Gesicht auf sich zurasen sah. Instinktiv rollte er sich zusammen und brachte gerade noch seine Sporttasche unter den Körper, als der Mann auch schon über ihn hinwegsetzte.

»Justus!«, schrie Peter noch einmal.

»Ich kann nicht!«, stieß Justus keuchend hervor.

Wie eine Horde wilder Büffel jagte auch der Rest der Zuschauer an Justus vorbei, der keine andere Möglichkeit hatte, als zusammengekauert im Sand liegen zu bleiben und die Hände über den Kopf zu legen. Hin und wieder traf ihn ein Fuß, und eine Frau fiel sogar über ihn drüber, aber am Ende überstand er das Chaos doch einigermaßen unbeschadet. Es dauerte jedoch fast eine Minute, bis der Spuk vorbei war und Justus gefahrlos den Kopf heben konnte. Langsam stand er auf.

»Just!«, schrie Peter in diesem Augenblick. Zusammen mit Bob war er gut zwanzig Meter entfernt stehen geblieben, um auf ihren Freund zu warten. »Hinter dir! Pass auf, er ist hinter dir!«

»Der Skorpion!«, brüllte Bob. »Er kommt auf dich zu!«

»Was? Wo?« Justus riss den Kopf herum und schaute rechts und links über die Schulter. Aus dem Augenwinkel entdeckte er das grünschwarze Gifttier, das sich ungefähr einen Meter hinter ihm befand, und stieß einen lauten Schrei aus.

Er wollte davonlaufen, aber das jähe Kopfdrehen und der Schrecken hatten ihn aus dem Gleichgewicht gebracht, sodass sich seine Beine zwar in die eine Richtung bewegten, der Oberkörper aber über die linke Schulter abkippte. Mit weit aufgerissenen Augen beobachteten Peter und Bob, wie Justus nach hinten fiel – genau dorthin, wo der riesige Skorpion seinen giftigen Stachel in die Luft reckte!

Held wider Willen

»Der hatte doch nie eine faire Chance.« Peter blies den feinen Holzstaub von den alten Regalbrettern und faltete das Schmirgelpapier neu.

»Ein völlig ungleiches Duell«, pflichtete ihm Bob nachdrücklich bei. »Was meinst du? Eins zu zweitausend?« Der dritte Detektiv hielt kurz mit dem Streichen seines Bretts inne und sah Peter fragend an.

»Mindestens! Wenn nicht noch mehr!« Peter zog abschätzend die Lippen nach unten und nickte bedeutungsvoll. »Wenn man dem Skorpion etwa vierzig Gramm gibt und unserem Ersten ungefähr ... äh ...«

Justus ließ seinen Schraubenzieher sinken, mit dem er gerade ein anderes Regal auseinandergenommen hatte, und stöhnte genervt auf. »Könnt ihr zwei damit vielleicht auch mal wieder aufhören? So lustig war das Ganze nun auch wieder nicht! Zehn Zentimeter weiter links und ich wäre nicht mit der Tasche auf das Vieh gefallen, sondern mit dem Arm!«

Peter grinste. »Dann hätten wir immer noch ein Verhältnis von, hm –«, er überlegte kurz, »eins zu zweihundert gehabt. Das hätte auch noch dicke gereicht.«

»Hahaha, ich lach mich tot!« Justus zog eine Grimasse, aber um seine Mundwinkel spielte ein feines Lächeln. Mit einigem Abstand fand er die ganze Sache doch auch irgendwie komisch.

»Und wie elegant unser Erster gefallen ist!« Peter schob das rechte Bein nach vorne, drehte seinen Oberkörper um die linke Schulter und ließ sich dann mit einem betont entsetzten Gesichtsausdruck auf den staubigen Boden sinken. Dort angekommen gab er ein hässlich knirschendes Geräusch von sich und blieb auf dem Bauch liegen wie ein Pinguin auf dem Eis.

Bob lachte laut auf. »War das eben das tragische Ende des Skorpions, dieses ekelhafte Knirschen?«

»Das war es«, grunzte Peter angestrengt in seiner Fallschirmspringerposition. »Zermalmt unter achtzig Kilo detektivischer Genialität.«

Jetzt musste auch Justus grinsen. »Affe!«, schimpfte er in gespielter Entrüstung und half ihm dann wieder auf die Beine.

Dabei war ihm gestern noch alles andere als zum Lachen zumute gewesen, denn der Sturz hätte wirklich auch sehr böse ausgehen können. Doch als die Sanitäter, die bereits ein paar Minuten nach dem Zwischenfall zur Stelle waren, um Parker abzuholen und ins nächste Krankenhaus zu bringen, die Sporttasche schließlich anhoben, stellte sich heraus, dass von dem giftigen Spinnentier trotz des weichen Sandes nicht viel mehr übrig war als ein undefinierbarer grünschwarzer Skorpionbrei.

»Ich frage mich aber immer noch, was dieses Biest am Strand zu suchen hatte.« Bob tauchte seinen Pinsel in den Farbeimer. »Ich dachte immer, Skorpione findet man irgendwo in der einsamen Wüste, unter Steinen und in kleinen Löchern. Aber mitten am Strand unter Tausenden von lärmenden Menschen? Irgendwie seltsam, finde ich. In Zukunft werde ich mir den Sand jedenfalls etwas genauer ansehen, wenn wir wieder mal beim Baden sind.«

Peter stellte sein Brett zur Seite und ergriff ein neues. »Außerdem war das Vieh riesig. In Bio haben wir doch mal gelernt, dass unsere Skorpione hier maximal acht Zentimeter groß werden. Das Ding war aber mindestens fünfzehn Zentimeter lang« – Peter warf Justus ein schelmisches Grinsen zu – »in unzerquetschtem Zustand. Danach war es noch länger.«

»Seltsam ist das alles schon, aber durchaus noch

rational erklärbar«, sagte Justus, während er sich wieder an einer Schraube zu schaffen machte. »Immer wieder verirren sich Wildtiere in Gegenden, in denen man sie nie vermuten würde, und –«

»Bryan – ihr wisst schon, der schräge Typ, mit dem wir Geschichte zusammen haben –, der hatte mal 'ne kleine Schlange im Klo«, fiel Peter ein.

»... und dass es auch in Hinblick auf die Proportionen große Abweichungen bei jeder Spezies geben kann«, überging Justus den Einwurf, »wurde in der Biologie hinlänglich dokumentiert. Ich erinnere nur an den riesigen Hai, den man letztes Jahr vor dem Santa-Barbara-Archipel aus dem Wasser gezogen hat.«

Bob nickte und zog die Stirn in Falten. »Noch ein Grund, beim Baden in Zukunft aufzupassen.«

Justus drehte die letzte Schraube aus dem Holzbrett und nahm sich dann das zweite Regal vor. »Aber etwas anderes beschäftigt mich im Moment eigentlich viel mehr als der Skorpion. Ich hab euch noch gar nicht erzählt, dass da noch etwas anderes unten an meiner Tasche geklebt hat.«

»Was denn?«, fragte Bob neugierig.

»Einer der Spieler?«, flachste Peter.

»Quatschkopf«, winkte Justus ab. »Nein, es war ein ungefähr handtellergroßer schwarzer Wachsklecks. Er muss sich an meine Tasche geheftet haben, als die ganzen Zuschauer darüber hinweggetrampelt sind. Ich kann ihn euch nachher zeigen, er liegt drüben in der Zentrale im Schränkchen über der Spüle.«

»Ein Wachsklecks?« Bob schaute ungläubig. »Du meinst, so etwas wie Kerzenwachs?«

Justus zuckte mit den Schultern. »Hm, ja. So etwas in der Art. Und drin steckte ein kleiner Glassplitter.«

»Wahrscheinlich von einer Flasche, die irgend so ein Idiot am Strand hat rumliegen lassen und die dann kaputtgegangen ist«, vermutete Peter und fuhr einigermaßen wütend fort: »Ich wünsche mir nichts mehr, als dass sich einmal einer von diesen Umweltterroristen mit seinem Hintern in seine eigenen Scherben setzt.«

»Kann sein, dass er von einer Flasche stammt«, erwiderte Justus, »aber was mich noch mehr wundert, ist, wie das Wachs in den Sand kommt. Papier, Dosen, Scherben und sonstigen Müll findet man ja dort leider fast überall, aber Wachs?«

»Könnte von einer Party stammen, die man am Strand gefeiert hat.« Bob strich gleichmäßig sein Brett weiter und fuhr fort, ohne aufzusehen: »Da unten treffen sich doch jeden Abend eine Menge Leute, zünden Lagerfeuer an, drehen ihre Gettoblaster auf und so. Vielleicht war's ja mal 'ne Candle-Light-Party für verliebte Pärchen?«

»Auf dem Areal der Beachvolleyballweltmeisterschaften?«, wandte Peter skeptisch ein.

»Mit schwarzen Kerzen?«, gab Justus zu bedenken.

»Vielleicht waren es ein paar Gruftis oder wie man diese Typen in den schwarzen Klamotten nennt, ich weiß es ja auch nicht«, rechtfertigte sich Bob.

»Na ja.« Justus schnalzte mit der Zunge. »Wie gesagt, das finde ich fast noch seltsamer als die Sache mit dem Skorpion. Aber im Moment habe ich auch noch keine einleuchtende Erklärung dafür.«

Peter hörte mit dem Schmirgeln auf und sah seinen Freund verblüfft an. »Ist es denn die Möglichkeit? Unser Superhirn hat keine Erklärung für einen schwarzen Wachsklecks am Strand unseres idyllischen und doch so abgründigen Städtchens? Er wittert keinen neuen Fall? Solltest du wirklich noch nie etwas von der Schwarze-Kerzen-Mafia gehört haben? Du enttäuschst mich, Erster, wirklich, du enttäuschst mich!«

»Seht lieber mal zu, dass ihr mit eurer Arbeit fertig werdet!«, antwortete Justus, ohne auf die Frotzelei seines Freundes einzugehen. »Onkel Titus will, dass die Bretter über Nacht trocknen können, weil er schon einen Käufer für das Zeug hat. Und der kommt morgen in aller Frühe und holt die beiden Regale ab.«

Seit seine Eltern bei einem Flugzeugabsturz ums Leben gekommen waren – Justus war damals erst fünf Jahre alt gewesen –, lebte er bei seinem Onkel Titus und seiner Tante Mathilda. Die beiden betrieben einen florierenden Gebrauchtwarenhandel in Rocky Beach und die drei Jungen mussten Titus und Mathilda auf dem Schrottplatz hin und wieder zur Hand gehen. Diesmal hatte Titus aus einer Haushaltsauflösung in Malibu ein paar antiquierte Bücherregale mitgebracht, die die Jungen zerlegen, abschmirgeln, neu ölen und dann wieder zusammensetzen sollten.

Im Gegenzug für ihre gelegentliche Hilfe durften sie dafür einen alten Campinganhänger nutzen, der weiter hinten auf dem Schrottplatz stand und ihnen als Hauptquartier für ihr Detektivunternehmen diente. Er war zwar nicht besonders geräumig, aber er beherbergte so ziemlich alles, was man für intensive kriminalistische Untersuchungen und Recherchen benötigte. Ein Telefon mit Anrufbeantworter fand sich darin genauso wie ein Computer mit Internetzugang und Drucker, ein Kopierer, ein Labor und eine kleine Dunkelkammer am hinteren Ende des Wohnwagens. Dazu kamen etliche Aktenschränke, die vor Ordnern und Papier nahezu überquollen, und durch die Decke des Wohnwagens führte sogar ein Periskop, der sogenannte »Spion«, mit dem man den ganzen Schrottplatz überblicken konnte. Aber auch ein Schreibtisch, Stühle, Sessel, ein Kühlschrank und eine Spüle drängten sich in dem Anhänger, sodass es zwar ziemlich gemütlich, aber auch reichlich eng darin war.

»Justus!«, hallte auf einmal die durchdringende Stimme von Tante Mathilda über den Platz.

»Seht ihr!«, raunte Justus. »Ich hab's euch ja gesagt! Wir sollten nicht so rumtrödeln.«

Tante Mathilda war zwar eine herzensgute Frau, aber wenn es um das Geschäft ging, konnte sie sehr resolut sein. Doch diesmal wollte sie etwas ganz anderes.

»Telefon für dich!«

Justus blickte hoch. »Telefon? Wer ist es denn?«

»Er hat gesagt, er heißt Parker«, rief Mathilda.

»Parker?«, stieß Bob überrascht hervor. »*Der* Parker? *Unser* Parker?«

Das Letzte, was die drei Jungen von dem Sportler am Vortag mitbekommen hatten, war sein Abtransport mit dem Krankenwagen gewesen. Die Sanitäter hatten den Spieler nach einem kurzen Gespräch mit umstehenden Schaulustigen vor Ort oberflächlich untersucht und den vor Schmerz wimmernden und schweißüberströmten Mann dann auf eine Trage gehievt und ins Auto geschoben. Einer von ihnen hatte sich noch erkundigt, ob mit Justus alles in Ordnung sei, und bei dieser Gelegenheit auch gleich den zermatschten Skorpion aus dem Sand gebuddelt. Dann war der Rettungswagen mit blinkendem Signallicht und heulender Sirene über den Strand davongebraust.

»Was will der denn von dir?«, wunderte sich Peter.

»Das werden wir gleich wissen«, entgegnete Justus und rief Mathilda zu: »Kannst du mir bitte das Gespräch in unsere Zentrale durchstellen?«

»Du meinst wohl, in den Wohnwagen?« Tante Mathilda war nicht immer besonders glücklich über den Zeitvertreib ihres Neffen. Schon oft genug war es bei den Ermittlungen der drei ??? ziemlich brenzlig und auch gefährlich geworden, und deswegen nutzte sie jede Gelegenheit, um ihre Vorbehalte zum Ausdruck zu bringen. Und *Wohnwagen* klang in ihren Ohren sehr viel unverfänglicher als *Zentrale*. Das roch ja geradezu nach Dieben und sonstigen zwielichtigen Gestalten.

»Meinetwegen«, stimmte sie zähneknirschend zu.

»Aber dass ihr mir hinterher nicht alles stehen und liegen lasst, weil ihr euch da drin wieder eingegraben habt!«

»Nein, nein, Tante, versprochen!«

Fünf Sekunden später klingelte das Telefon in dem kleinen Campinganhänger. Die drei Jungen stiegen gerade die wenigen Stufen zum Eingang hinauf. Justus ging zum Hörer, stellte aber vorher auf Lautsprecher, damit Peter und Bob mithören konnten, was gesprochen wurde.

»Ja, bitte? Hier Justus Jonas«, meldete er sich.

»Hallo, hier ist Parker, Ken Parker. Weißt du, wer ich bin?«

»Äh, ja«, antwortete Justus. »Sie sind der Spieler, der gestern bei dem Beachvolleyballturnier von einem Skorpion gestochen wurde.«

»Genau, der bin ich«, hallte es aus dem Lautsprecher. »Und bist du der Junge, der diesen Skorpion erledigt hat?«

Justus stutzte. »Äh, ja, das könnte man so sehen«, antwortete er etwas erstaunt. »Aber woher wissen Sie, dass ich es war, der … der –?«

»Ich habe heute Morgen herumfragen lassen und einer der Sanitäter hat dich wiedererkannt«, erwiderte Parker, da Justus nicht weitersprach. »Er meinte, du seist der Sohn eines Gebrauchtwarenhändlers namens Titus Jonas hier in der Stadt, und –«

»Neffe, ich bin sein Neffe«, unterbrach nun Justus Parker seinerseits.

»Na, wie dem auch sei«, sagte Parker. »Ich habe

mir jedenfalls eure Nummer aus dem Telefonbuch herausgesucht, denn ich wollte mich unbedingt bei dir bedanken. Das, was du getan hast, war wirklich sehr mutig.«

Justus schaute Peter und Bob verwundert an. Aber die beiden zuckten auch nur ahnungslos mit den Schultern. »Nun, mit Mut hatte das nichts zu tun. Es war eher ein Versehen. Aber wofür wollen Sie sich denn eigentlich bedanken, wenn ich fragen darf?«

»Wofür?« Der Mann am anderen Ende der Leitung klang mehr als überrascht. »Na hör mal, ohne dich wäre ich wahrscheinlich jetzt tot. Du hast mir das Leben gerettet!«

Parabuthus transvaalicus

Justus hatte keine Ahnung, wovon der Mann sprach, und auch Peter und Bob machten verdutzte Gesichter.

»Ich … ich verstehe nicht ganz«, stotterte Justus. »Ich soll Ihnen das Leben gerettet haben?«

Statt direkt zu antworten, fragte Parker: »Hast du jetzt Zeit? Ich würde mich sehr freuen, wenn du mich hier im Saint-Michael's-Krankenhaus besuchen würdest. Dann könnte ich mich bei meinem Retter noch einmal von Angesicht zu Angesicht bedanken und dir auch die ganze Geschichte ausführlich erzählen. So am Telefon ist das immer ein bisschen oberflächlich und unpersönlich, finde ich.«

»Hm.« Justus biss sich nachdenklich auf die Lippe. Natürlich wollte er unbedingt wissen, was Parker zu seiner seltsamen Aussage veranlasst hatte. Denn wenn er den Sportler wirklich gerettet haben sollte, dann hätte er doch den Skorpion erschlagen müssen, *bevor* der Parker gebissen hatte!

Andererseits wartete Tante Mathilda mit Sicherheit schon ungeduldig darauf, dass sie sich weiter um die Regale kümmerten, und wäre wahrscheinlich alles andere als begeistert, wenn sie sich jetzt einfach davonstehlen würden.

»Ginge es auch noch in, sagen wir, zwei Stunden?«, fragte er daher Parker. »Ich muss vorher etwas Dringendes erledigen.«

»Klar!«, antwortete der Sportler. »Nach Auskunft der Ärzte muss ich ohnehin noch ein paar Tage hier herumliegen. Also dann bis in zwei Stunden! Ich freue mich schon.«

Justus verabschiedete sich und legte langsam den Hörer auf. »Könnt ihr euch das erklären, Kollegen?«, fragte er Peter und Bob, während er das Telefon anstierte, als wüsste das eine Antwort auf seine Frage. »Wie nur soll ich Parker das Leben gerettet haben? Das ist doch absolut unmöglich! Und außerdem glaube ich, einmal gelesen zu haben, dass die Stiche unserer einheimischen Skorpione allerhöchstens für Kinder oder alte und schwache Menschen lebensbedrohlich sind, aber nicht für durchtrainierte Spitzensportler.«

Peter und Bob sahen das ganz genauso. Das passte

irgendwie alles nicht zusammen. Doch auch in den nächsten zwei Stunden fanden die drei Jungen keine auch nur halbwegs plausible Erklärung für das, was Parker Justus mitgeteilt hatte. Während sie die Regale fertig schmirgelten und strichen, diskutierten und grübelten sie pausenlos, um Logik in die Sache zu bringen, aber es wollte ihnen einfach nicht gelingen. Das Einzige, was dabei herauskam, war, dass Peter am Schluss nicht mehr wusste, welches der Bretter er nun schon abgeschliffen hatte und welches nicht, dass Justus etliche Schrauben nicht mehr fand und dass Bob mehr seine Finger als die Bretter angemalt hatte.

Endlich konnten sie sich auf den Weg zum Saint-Michael's-Krankenhaus machen. Das Gebäude lag am westlichen Stadtrand von Santa Monica und war mit dem Rad in knapp dreißig Minuten vom Schrottplatz aus zu erreichen. U-förmig mit einem breiten Mittelbau und zwei rechtwinklig davon abgehenden Flügeln umrahmte es einen liebevoll angelegten Vorplatz mit gepflegten Rasenflächen und kunstvoll arrangierten Blumenbeeten. Eine leicht ansteigende Zufahrt führte zu einem von Säulen gestützten Eingangsbereich, von dem aus man durch eine doppelflügelige, elektrische Schiebetür aus Glas in die große Vorhalle gelangte.

Justus erkundigte sich an der Pforte, wo Parker lag. Er hatte ein Einzelzimmer im dritten Stock, Nummer 324. Die drei ??? nahmen den Aufzug, fragten oben angekommen eine Krankenschwester nach dem Zimmer und wenige Augenblicke später klopfte Justus an die gelb lackierte Tür.

»Herein!«, hörten sie Parker von drinnen rufen.

Justus, Peter und Bob traten einer nach dem anderen ein. Vorbei an der offen stehenden Badezimmertür gingen sie durch einen kurzen Korridor und standen schließlich vor Parkers Bett.

»Ah, mein Retter, nicht wahr?«, begrüßte sie der Sportler und zog sich am Bettgalgen hoch. »Aber wer von euch ist denn nun Justus?«

»Guten Tag, das bin ich.« Justus hielt Parker die Hand hin. »Ich habe mir erlaubt, meine Freunde Peter Shaw und Bob Andrews mitzubringen. Sie waren gestern ebenfalls dabei, als die Sache mit dem Skorpion passierte.«

Peter und Bob gaben dem Mann die Hand und Parker schüttelte sie herzlich. Doch die drei Jungen stellten sofort fest, dass es ihm weitaus schlechter ging, als es sein gut gelaunter Empfang vielleicht vermuten ließ.

Im Gegensatz zu gestern auf dem Spielfeld war der braun gebrannte Volleyballer geradezu leichenblass und seine Wangen schienen eingefallen. Seine Augen wirkten glanzlos und seinem Händedruck fehlte jede Kraft. In seinem linken Handrücken steckte eine Kanüle, durch die eine farblose Flüssigkeit aus einer durchsichtigen Plastikflasche, die kopfüber an einem Flaschenständer neben seinem Bett hing, in seine Vene tropfte.

»Holt euch doch ein paar Stühle her und setzt euch

zu mir«, forderte Parker sie auf und ließ sich wieder in die Kissen zurücksinken. Er atmete ein paarmal angestrengt durch und wartete, bis die drei ??? so weit waren.

»Jetzt musst du mir aber erst einmal ganz genau erzählen, Justus, wie du das Biest erledigt hast! Das muss doch ziemlich gefährlich gewesen sein, oder?«

»Nun ja«, antwortete Justus, »die Sache hat sich ein wenig anders zugetragen, als man Ihnen das vielleicht berichtet hat.« Und dann gab der Erste Detektiv in aller Kürze wieder, was sich tatsächlich am Strand abgespielt hatte.

Als er fertig war, spielte ein amüsiertes Lächeln um Parkers blasse Lippen. »Mach dir nichts draus, Justus«, sagte er schließlich. »Für mich bleibt es dabei. Du hast mir das Leben gerettet, auch wenn das wohl eher zufällig geschah. Aber ehrlich gesagt: Ich würde mich auch nicht freiwillig mit einem Skorpion einlassen. Dazu muss man entweder eine ziemliche Schraube locker haben oder sich sehr gut mit diesen Tieren auskennen.«

»Apropos mit diesen Tieren auskennen«, ergriff Bob das Wort. »Uns war bis jetzt nicht bekannt, dass Skorpione so gefährlich sein können. Wir waren bisher der Meinung, dass so ein Stich einem halbwegs gesunden Menschen zwar durchaus Schmerzen bereitet und vielleicht auch noch einige andere Symptome hervorruft, aber dass er wirklich lebensgefährlich ist, wussten wir nicht.«

»Und dann«, fügte Justus hinzu, »habe ich mich

auch gefragt, wie ich Ihnen das Leben gerettet haben soll. Ich meine, schließlich hatte Sie der Skorpion doch längst gestochen, bevor ich auf ihn draufgefallen bin.«

»Im Prinzip habt ihr recht mit dem, was ihr da sagt«, erwiderte Parker ernst und beugte sich zu seinem Nachttischschränkchen hinüber, auf dem ein zusammengefaltetes Blatt Papier lag. »Aber in diesem Fall verhält sich das Ganze etwas anders.« Er nahm das Blatt, faltete es auseinander und las dann vor: »Parabuthus transvaalicus, so lautet der offizielle Name des Skorpions, der mich gestochen hat. Das sagt euch jetzt wahrscheinlich nicht viel, aber –«

»Transvaalicus?«, fiel Justus Parker überrascht ins Wort. »So wie Transvaal, die frühere Provinz im Nordosten der Republik Südafrika mit der Hauptstadt Pretoria? Die Mitte der Neunzigerjahre des letzten Jahrhunderts –«

»Südafrika?«, unterbrach Peter nun Justus, bevor der zu einem seiner gefürchteten enzyklopädischen Rundumschläge ausholen konnte. Er bewunderte zwar genau wie Bob Justus' enormes Wissen und sein famoses Gedächtnis, aber manchmal musste er ihn einfach bremsen, weil der Erste Detektiv sonst der Versuchung erlag, ganze Lexikonseiten wiederzugeben. »Das ist aber seltsam! Es gibt bei uns Skorpione, die nach einer südafrikanischen Provinz benannt sind? Was macht denn das für einen Sinn?«

Parker schüttelte den Kopf. »Das ist es ja gerade. Den Skorpion, der mich gestochen hat, gibt es hier in dieser Gegend nicht, wie man mir gesagt hat. Ach was, in dieser Gegend!« Er machte eine wegwerfende Handbewegung. »Dieser Skorpion kommt nur in Südafrika vor!«

Die drei ??? schwiegen einen Augenblick und sahen sich verwundert an. Keiner von ihnen wusste im ersten Moment mit Parkers Aussage etwas anzufangen.

Dann meinte Justus mehr zu sich selbst: »Aber das würde ja bedeuten, dass irgendjemand diesen Skorpion eigens ins Land gebracht hat.«

»Dieser Jemand brachte ihn nicht nur ins Land, sondern auch an den Strand und genau zu unserer Bank.« Parker blies abschätzig durch die Nase.

Die drei Jungen blickten Parker erstaunt an, so als hätten sie nicht ganz verstanden, was er da gerade gesagt hatte. »Bitte?«, brachte schließlich Bob verblüfft hervor. »Aber wieso sollte jemand den Skorpion zum Strand bringen? Und zu Ihrer Bank?«

Parker deutete auf seinen Zettel. »Nach dem, was man mir hier zusammengeschrieben hat, ist dieser südafrikanische Skorpion nicht nur fast doppelt so groß wie unsere einheimischen Exemplare, sondern vor allem äußerst lebensbedrohlich – für jeden Menschen! Der Stich dieses Tieres fordert in Südafrika jährlich mehrere Todesopfer!«

»Wie?« Peter rutschte beunruhigt nach vorne auf die Kante seines Stuhls. »Wollen Sie damit vielleicht andeuten, dass einer den Skorpion absichtlich zum Strand gebracht hat, um Sie … um Sie« – Peters Stimme erstarb zu einem kaum noch hörbaren Flüstern – »umzubringen?«

»Davon bin ich überzeugt«, antwortete Parker fast ebenso leise. »Ich bin mir sicher, es ging um John oder mich. Einer von uns beiden sollte das Opfer sein.«

»Was?«

»Unmöglich!«

»Aber wieso? Wieso sollte jemand Sie oder Ihren Partner –?«

Die drei ??? sahen Parker entsetzt an.

»Weil wir die absoluten Favoriten für dieses Turnier waren. Bei den Buchmachern standen die Wetten eins zu eins Komma drei auf unseren Sieg – und eins zu zwölf auf den Fall, dass John und ich nicht erneut Weltmeister werden sollten. Ich bin mir sicher, dass jemand versucht hat, uns aus dem Rennen zu werfen, um eine Menge Geld abzusahnen. Und das ist ihm ja auch gelungen.«

Die Jungen sagten erst einmal nichts. Peter und Bob schauten entgeistert zu Boden und versuchten, ihre Gedanken zu ordnen, während Justus damit begann, seine Unterlippe zu kneten. Das war von jeher eine Art Tick von ihm und immer ein untrügliches Anzeichen dafür, dass er seine grauen Zellen mobilisierte. Irgendetwas irritierte ihn an der Vermutung Parkers.

Schließlich wusste er, was ihn daran störte. »Aber Mr Parker«, sagte er vorsichtig, weil er nicht taktlos klingen wollte, »ganz abgesehen davon, dass der Angriff – wenn es denn wirklich einer war – auch jemand anderem hätte gelten können. Um das zu erreichen, was Sie eben behauptet haben, hätte man doch keinen tödlichen Skorpion aus Südafrika auf Sie beide ansetzen müssen. Bitte verstehen Sie mich nicht falsch! Ich freue mich natürlich, dass Ihnen nichts weiter passiert ist, und wünschte, dass erst überhaupt nichts geschehen wäre. Aber um einen von Ihnen für ein paar Tage außer Gefecht zu setzen, hätte es doch vollauf genügt, einen derjenigen Skorpione einzusetzen, die es hier bei uns zuhauf gibt.«

»Daran habe ich auch schon gedacht«, erwiderte Parker stirnrunzelnd, »aber eine andere Erklärung für den ganzen Mist ist mir bis jetzt nicht eingefallen. Doch ich bin mir hundertprozentig sicher, dass der Anschlag – und es war einer, darauf kannst du Gift nehmen – John oder mir galt! Es gibt sicher nicht wenige, die sich im Moment tierisch darüber freuen, dass ich hier im Krankenhaus flachliege und nicht mehr weiterspielen kann.«

»Haben Sie schon mit der Polizei über diese Theorie gesprochen?«, wollte Peter wissen.

Parker blickte kurz zur Seite und kniff die Lippen zusammen. Offenbar behagte ihm diese Frage aus irgendeinem Grund nicht sonderlich. »Nein, ich … ich glaube, dass das keine so gute Idee wäre.«

»Wieso nicht?«, hakte Bob nach.

»Wenn«, druckste Parker herum, »wenn die Presse davon Wind bekommt – und davon ist auszugehen, wenn sich die Polizei auf meine Veranlassung hin einschaltet –, dann könnte ich mir damit ein ganz schönes Eigentor schießen.«

»Weil es dann so aussieht, als wollten Sie mit Ihrer Überlegenheit prahlen?«, riet Justus. »Weil man es so auslegen könnte, als würden Sie Ihren Kontrahenten rein gar nichts zutrauen und als wollten Sie ihnen unterstellen, solche Unglücksfälle zu benötigen, um überhaupt eine Chance gegen Sie zu haben?«

Parker nickte mürrisch. »Ja, so etwas in der Art.«

»Ich verstehe«, sagte Justus. Er warf Peter und Bob einen kurzen, fragenden Blick zu. Die beiden wussten sofort, worum es ging. Mit einem knappen Nicken gaben sie ihr Einverständnis für das, was ihr Erster als Nächstes vorhatte.

»Mr Parker, unter Umständen könnten wir Ihnen in dieser Angelegenheit helfen.« Der Erste Detektiv griff in seine hintere Hosentasche und holte eine ihrer Visitenkarten daraus hervor, von denen jeder der drei ??? immer einige bei sich hatte. Er beugte sich über das Bett und überreichte sie Parker, der sie neugierig entgegennahm.

Die drei Detektive
???
Wir übernehmen jeden Fall

Erster Detektiv	*Justus Jonas*
Zweiter Detektiv	*Peter Shaw*
Recherchen und Archiv	*Bob Andrews*

»Die drei Detektive. Wir übernehmen jeden Fall«, las der Mann aufmerksam. »Das seid ihr? Ihr seid Detektive?«

»Ja, wir betreiben ein kleines Detektivunternehmen hier in Rocky Beach«, bestätigte Justus, »und ich darf mit Stolz sagen, dass wir in der Vergangenheit schon den einen oder anderen kniffligen Fall gelöst haben.«

Parker zögerte. »Und ihr glaubt wirklich, ihr findet raus, wer hinter dieser ganzen Sache steckt?«

»Wir tun unser Bestes«, versicherte Justus.

»Honorar?« Parker zog die Augenbrauen hoch.

Alle drei ??? schüttelten fast gleichzeitig den Kopf. »Wir verlangen nichts«, sagte Bob. »Unser Lohn ist Ihre Zufriedenheit.«

Parker lächelte und wedelte sich mit der Karte etwas Luft zu. »Hm, ich würde ja schon zu gerne wissen, was hier gespielt wird.« Er dachte noch einen Augenblick nach und sagte dann: »Also gut, abgemacht. Versucht herauszubekommen, ob meine Vermutungen richtig sind und wer hinter all dem steckt! Aber bitte! Behandelt die Sache vertraulich, das müsst ihr mir versprechen!«

Die Kammer des Schreckens

»Und? Was meint ihr?« Justus drückte auf den Knopf, um den Aufzug zu holen, und sah seine beiden Freunde an.

»Na ja.« Bob kratzte sich unentschlossen am Kopf. »Die Sache mit dem Skorpion ist zwar wirklich höchst seltsam, und ich bin mir sicher, dass da irgendetwas im Busch ist, was unserer Nachforschungen bedarf. Aber ob der Angriff wirklich Parker oder seinem Mitspieler galt? Ich weiß nicht.«

»Da gebe ich dir völlig recht«, stimmte ihm Peter zu. »Das Vieh hätte genauso gut jeden anderen stechen können, der da am Strand rumsaß – auch uns.«

Justus nickte. »Sehe ich auch so. Wenngleich die Vermutung Parkers doch auch etwas für sich hat.«

»Dass ihn jemand aus dem Turnier werfen wollte, um im Wettbüro den großen Wurf zu landen?«

»Ja, genau.«

Bob schaute hinauf zur Anzeige, wo ein blinkendes Dreieck ankündigte, dass der Aufzug auf dem Weg nach oben war. »Nun ja, ganz von der Hand zu weisen ist das sicher nicht. Zumindest hatte Parker wirklich irrsinniges Glück. Wenn du das Biest nicht erledigt hättest, hätte keiner gemerkt, dass es sich nicht um einen einheimischen Skorpion handelt. Und damit hätte man Parker auch nicht das einzig wirksame Gegenmittel verabreichen können, das es für diesen Paradingsbums transvaalicus gibt.«

»Du hast ihm tatsächlich das Leben gerettet, Just«, meinte auch Peter. »Was hat Parker gesagt? Das Zeug muss man innerhalb von einer Stunde bekommen, sonst ist es aus und vorbei?« Der Zweite Detektiv pfiff leise durch die Zähne. Ihm wurde immer noch ganz schwummerig, wenn er daran dachte, wie knapp der

Sportler dem Tod entronnen war. »Mannomann, da hat sein Schutzengel aber wirklich ganze Arbeit geleistet!«

Justus lächelte dünn. Er freute sich zwar, dass der Zufall und seine eigene Ungeschicklichkeit Ken Parker das Leben gerettet hatten. Aber auch ihm war völlig klar, dass alles auch ganz anders hätte ausgehen können – für Parker oder ihn!

Ein helles »Pling!« ertönte und zwei Sekunden später glitten die metallenen Schiebetüren des Aufzugs mit einem leisen Zischen zur Seite. Nacheinander betraten die drei Jungen die weiße, nach Desinfektionsmitteln riechende Kabine.

»Der fünfte Stock, oder?«, fragte Bob und hielt seinen Finger über den beleuchteten Knopf mit der Fünf drauf.

»Der fünfte war's, ja«, bestätigte Peter.

Parker hatte ihnen noch berichtet, dass man ihn vor allem deshalb ins Saint-Michael's-Hospital gebracht habe, weil es das nächstliegende Krankenhaus mit einer tropenmedizinischen Abteilung war. Dr. Robinson, sein behandelnder Arzt, sei ein Experte, was Gifttiere aller Art anginge, und nur ihm sei es zu verdanken, dass man sofort nach seiner Einlieferung das richtige Gegenmittel zur Hand gehabt habe. Er habe mit *einem* Blick auf den toten Skorpion gewusst, um welches Exemplar es sich handelte, und ihm dann das Antidot gerade noch rechtzeitig verabreicht.

Und zu diesem Dr. Robinson, der sein Labor im fünften Stock des Krankenhauses hatte, waren die drei

Detektive nun unterwegs. Sie wollten ihn unbedingt zu der ganzen Sache befragen.

»Er ist ein netter Typ und unterhält sich sicher gerne mit euch«, hatte Parker noch gemeint und mit einem wehmütigen Grinsen auf seinen Zettel gedeutet. »Er hat mir auch das ganze Zeug hier zusammengeschrieben, weil ich unbedingt genauer Bescheid wissen wollte, wem oder was ich es zu verdanken habe, dass ich mir jetzt hier den Hintern wund liegen muss, während mir andere da draußen meinen Titel wegschnappen.«

»Da geht's lang«, sagte Bob, als sie schließlich im fünften Stock angekommen waren, und zeigte auf ein Schild an der Wand. *Tropenmedizinische Abteilung, Leitung Dr. H. Robinson* stand darauf zu lesen und ein kleiner Pfeil wies nach rechts auf eine Milchglastür.

Die drei ??? gingen hindurch und fanden sich in einem kurzen Korridor wieder, in dem einige Stühle und eine große, ziemlich vernachlässigte Yuccapalme mit etlichen braunen Blättern standen. Geradeaus führte der Gang zu einer weiß lackierten Stahltür, auf der in grellem Rot das Wort *Labor* prangte. Links und rechts von ihnen befanden sich zwei weitere Türen, wobei auf der rechten *Sekretariat Dr. Robinson* geschrieben stand.

Justus klopfte dreimal und nach einem deutlich vernehmbaren »Ja, bitte?« drückte er die Klinke herunter und trat in den Raum. Sein Blick fiel auf eine Frau in mittlerem Alter, die an einem Schreibtisch saß und gerade irgendetwas in eine Tastatur tippte. Sie war in ein schickes mauvefarbenes Kostüm gekleidet und hatte ihre langen blonden Haare zu einem kunstvollen Dutt hochgesteckt. Als sie den Ersten Detektiv um die Ecke linsen sah, unterbrach sie jedoch ihre Arbeit und schaute ihn aufmerksam an. »Kann ich dir helfen, junger Mann?«, fragte sie freundlich.

»Äh, ja, guten Tag, wir würden gerne zu Dr. Robinson. Ist der vielleicht zu sprechen?«

»Worum geht es denn?«

»Ken Parker schickt uns. Wir sollen Dr. Robinson etwas fragen.« Das stimmte so natürlich nicht ganz, aber Justus wollte der Sekretärin jetzt nicht die ganze Geschichte erzählen, und deswegen behalf er sich mit dieser kleinen Notlüge.

»Ah so. Ihr müsst aber noch einen Augenblick warten, er hat gerade Besuch. Nehmt doch so lange drüben im Wartezimmer Platz, ich sage euch dann, wenn ihr reinkönnt.« Die Frau deutete auf die gegenüberliegende Tür und wandte sich dann wieder ihrem Schreibtisch zu.

»Vielen Dank«, sagte Justus. Leise schloss er die Tür und dann gingen die drei ??? hinüber in das Wartezimmer.

Es war ein äußerst ungemütlicher, kahler Raum, von dessen Wänden schon hier und da der Putz abbröckelte. Sein einziger Schmuck waren einige vergilbte Kalenderbilder exotischer Tiere, die jemand mit Klebestreifen an die Wand geheftet hatte.

»Die Tür geht nicht ganz zu«, sagte Peter, nachdem

er ein paarmal vergeblich versucht hatte, den Schnapper ins Schloss zu drücken.

»Egal, lehn sie an«, erwiderte Justus und setzte sich auf einen der weißen Plastikstühle. Peter und Bob taten es ihm gleich und dann warteten die drei.

Doch es waren noch keine zwei Minuten vergangen, als sie hörten, wie draußen eine Tür aufging. Sie vernahmen zwei Männerstimmen, eine leise und fast beschwichtigend, die andere, ein rauer Bass, lauter und aufgebracht. Aber das Einzige, was sie deutlich verstanden, war, wie die wütende Stimme sagte: »... mich nicht verarschen, ist das klar!« Dann dröhnten schnelle Schritte über den Linoleumboden, eine Tür ging quietschend auf und wieder zu. Danach waren die Schritte deutlich leiser zu hören und verhallten schließlich ganz.

Während sich die drei ??? verwundert anblickten, herrschte draußen im Gang einen Moment lang Stille. Dann ging abermals eine Tür auf, und kurz darauf hörten sie, wie die Sekretärin sagte: »Dr. Robinson, im Wartezimmer sind drei Jungen, die Sie gerne sprechen würden. Sie sagen, sie kommen von Mr Parker.«

»Oh Mist!«, entfuhr es Peter in diesem Moment mit einem Blick auf seine Uhr.

»Was ist, Zweiter?«, fragte Justus, während er aufstand.

Die Sekretärin betrat das Wartezimmer und teilte den Jungs mit: »Ihr könnt jetzt rein zu Dr. Robinson.« Sie deutete nach rechts auf die Labortür und verschwand dann wieder in ihrem Zimmer.

»Kollegen, ich komme gleich nach«, sagte Peter sichtlich beunruhigt und lief hinaus auf den Gang. »Aber ich habe Kelly versprochen, dass ich sie um Punkt halb sechs anrufe, weil wir heute Abend vielleicht ins Kino wollen. Sie ist extra deswegen kurz nach Hause gefahren, damit ich sie erreichen kann. Ihr Handy ist nämlich kaputt. Und jetzt ist es schon Viertel vor sechs! Ich muss sie anrufen, sonst macht sie mir die Hölle heiß!«

Justus und Bob lächelten wissend. Sie kannten Peters Freundin nur zu gut und wussten, dass Peter diesen Anruf wirklich machen musste. Kelly war ziemlich leicht eingeschnappt.

»Okay, wir gehen dann schon mal vor«, sagte Justus und verließ ebenfalls das Wartezimmer.

Peter stieß noch ein undeutliches »Bis gleich!« hervor, öffnete die Milchglastür und lief nach draußen.

»Hoffentlich ist sie noch zu Hause«, lachte Bob. »Sonst macht sie unseren Zweiten einen Kopf kürzer.«

Justus zwinkerte amüsiert, wandte sich der Labortür zu und klopfte. Er wunderte sich zwar ein wenig, dass Dr. Robinson nicht gleich hier draußen auf sie gewartet hatte, nahm aber an, dass sich der Arzt nach dem offenbar sehr unerfreulichen Gespräch, das er eben geführt hatte, erst noch ein wenig sammeln wollte, bevor er neuen Besuch empfing. Ein paar Sekunden später hörten sie dumpfe Schritte und dann wurde die Tür von innen geöffnet.

»Ihr kommt von Mr Parker?« Ein gut aussehender

Mann Mitte dreißig lächelte sie liebenswürdig an und bat sie mit einer einladenden Geste hereinzukommen. Justus und Bob registrierten sofort, dass er nicht der Mann mit der wütenden Stimme war, aber es erstaunte sie dennoch, wie gelassen Robinson wirkte. Nichts deutete darauf hin, dass er noch vor wenigen Augenblicken in eine heftige Auseinandersetzung verwickelt gewesen war. Er war recht groß, schlank und hatte zur Überraschung der beiden Jungs keineswegs einen sterilen weißen Ärztekittel an, sondern Jeans und ein aufgeknöpftes blaues Holzfällerhemd mit hochgekrempelten Ärmeln. Und an den Füßen trug er ausgelatschte Sandalen ohne Socken!

»Ja, wir kommen in seinem Auftrag«, antwortete Justus und sah mit großen Augen ins Innere des Labors. Er hatte sich bei dem Wort *Labor* so etwas Ähnliches wie den Chemiesaal in ihrer Schule vorgestellt. Aber dieser Raum hier hatte mit einem Chemiesaal rein gar nichts zu tun.

»In seinem Auftrag? Soso«, wiederholte Robinson belustigt. »Na, dann kommt mal herein und folgt mir!« Der Arzt schloss die Tür hinter Bob und ging dann voraus.

Feuchtes, schwülwarmes Dämmerlicht umfing die beiden Jungen. Unbewusst öffneten sie ihre Münder, weil ihnen in der tropischen, klebrigen Luft, die diesen Raum ausfüllte, das Atmen schwerer fiel. Es roch nach vermoderten Pflanzen, nach Tierexkrementen und nach Dutzenden anderer Dinge, die die beiden im Moment nicht identifizieren konnten. Und es war leise hier drin, sehr leise. Kein Mucks war zu hören, nur hin und wieder raschelte irgendwo etwas oder eine der gedimmten Lichtröhren summte bedrohlich.

Doch Justus und Bob achteten weniger darauf, was sie spürten, rochen oder hörten. Es war vor allem das, was sie sahen, was ihnen ein äußerst beklemmendes, fast schon unheimliches Gefühl bereitete.

Zahllose gläserne Behälter waren neben- und übereinander aufgestellt, bildeten lange Reihen und teilten das Labor in mehrere Gänge. Fast hatten die Jungen den Eindruck, in eine Art Labyrinth geraten zu sein. Und in diesen Glaskästen krochen, schlichen, schlängelten und krabbelten Unmengen an widerlichen und zum Teil äußerst gefährlich aussehenden Tieren herum!

Monströse Spinnen, riesige Tausendfüßler, Schlangen in allen Farben und Größen, knallbunte Frösche, wuselnde Haufen von Skorpionen – ein ganzes Gruselkabinett an Gifttieren hockte in seinen gläsernen Gefängnissen und schaute mit bösen Augen auf die beiden Besucher, die es gewagt hatten, ihre Ruhe zu stören. Dieses Gefühl hatten zumindest Justus und Bob, als sie hinter Dr. Robinson an den Terrarien vorbeischlichen.

»Oh nein!«, hauchte Justus und erbleichte. Er hasste Schlangen wie die Pest.

»Ist ja richtig lauschig hier«, versuchte Bob zu scherzen, aber seine zittrige Stimme verriet, dass auch ihm alles andere als wohl in seiner Haut war.

Der Arzt lotste sie um einige Ecken und blieb schließlich vor seinem Arbeitsplatz stehen. Ein Berg von Büchern, Zeitschriften und losen Blättern türmte sich auf dem Schreibtisch. In einer Ecke beugte sich eine Leselampe über den Wust und zeichnete einen Kreis hellen Lichts auf das Chaos und in der anderen huschte eine kleine, putzige Maus über einen verstaubten Computermonitor.

Netter Bildschirmschoner, dachte sich Bob, als plötzlich eine grüne Schlange aus dem linken Rand des Monitors hervorschoss und die Maus mit Haut und Haaren verschlang. Der dritte Detektiv schluckte hörbar.

»Das ist etwas makaber, ich weiß«, sagte Robinson mit Blick auf den Bildschirm. Bobs entsetzter Gesichtsausdruck war ihm nicht entgangen. »Aber mein Assistent liebt solche Spielereien und meistens arbeitet ja auch jemand an dem Computer.« Er setzte sich auf die Kante des Schreibtischs und bot Justus und Bob die beiden Drehstühle an. »Was hat Mr Parker denn nun auf dem Herzen?«

»Es war eigentlich unsere Idee, Sie aufzusuchen«, stellte Justus zunächst richtig und erzählte Dr. Robinson dann von ihrer Unterhaltung mit Parker und dessen Verdacht.

Der Arzt hörte aufmerksam zu, aber als Justus zu dem Teil mit dem Anschlag auf Parker und seinen Partner kam, machte er nicht den Eindruck, als würde er vorbehaltlos die Meinung des Sportlers teilen.

»Wir sind davon auch nicht unbedingt überzeugt«,

beeilte sich Bob zu versichern, da er die Skepsis Robinsons durchaus bemerkt hatte. »Aber die ganze Sache ist doch recht seltsam, und deswegen haben wir Parker angeboten, ein paar Nachforschungen anzustellen.« Der dritte Detektiv überreichte dem Arzt eine ihrer Karten, und Robinson zog erstaunt die Augenbrauen hoch, als er sie überflog.

»Sieh mal einer an! Detektive!«

Justus nickte und wollte gerade fortfahren, als irgendwo eine Tür aufging. »Just? Bob? Seid ihr hier drin?«, hörten sie Peter im nächsten Moment rufen. »Dr. Robinson?«

»Das ist unser Freund, Peter Shaw«, erklärte Justus. »Er musste noch kurz was erledigen.«

Der Arzt nickte und rief: »Wir sind hier hinten! Am anderen Ende des Raums!« Und wieder zu Justus und Bob gewandt: »Gut, und was wollt ihr nun von mir wissen?«

»Nun, zunächst einmal wollten wir uns von Ihnen bestätigen lassen, dass der Skorpion, der Mr Parker gestochen hat, wirklich aus Südafrika stammt«, sagte Justus.

Robinson machte ein ernstes Gesicht und nickte. »Das ist zwar mehr als merkwürdig, und ich konnte es zunächst auch nicht glauben, aber ja, das stimmt.«

»Und entspricht es auch den Tatsachen«, ergriff Bob das Wort, »dass der Stich dieses Skorpions tödlich ist, wenn man nicht innerhalb von einer Stunde ein bestimmtes Gegenmittel verabreicht?«

»Der Stich tötet bei Weitem nicht immer. Es hängt

ganz von der Konstitution des Opfers ab, von der Größe des jeweiligen Exemplars und von der Menge an Gift, die der Skorpion infiltriert. Aber im Falle von Mr Parker waren die neurologischen, pulmonalen und vegetativen Symptome doch so gravierend, dass die sofortige Gabe des Antidots indiziert war.«

»Ich verstehe.« Justus nickte einsichtig, während Bob mit der Medizinersprache doch so seine Probleme hatte. »Noch einmal zurück zur Herkunft des Skorpions«, fuhr der Erste Detektiv fort. »Ist es nicht so –«

»Hallo, Kollegen! Guten Tag, Dr. Robinson«, platzte Peter in diesem Augenblick in das Gespräch. »Tut mir leid, dass ich zu spät komme, aber ich musste dringend jemanden anrufen.«

»Dir auch einen guten Tag!«, lächelte der Arzt. »Ich weiß, deine Freunde haben es mir schon erklärt.« Dann zog er eine Kiste unter dem Schreibtisch hervor. »Ich habe leider keine Stühle mehr, aber du kannst dich hier draufsetzen.«

»Danke«, sagte Peter und ließ sich auf der Kiste nieder. »Ist ja richtig gruselig hier drin.« Der Zweite Detektiv verzog das Gesicht zu einer angewiderten Grimasse und schüttelte sich. »Überall Schlangen, Spinnen, Skorpione. Einmal bin ich sogar richtig erschrocken. Weil so ein Glaskasten offen stand und auch noch leer war, dachte ich im ersten Moment, dass mir jetzt gleich eine Schlange über den Fuß kriecht.«

»Was?« Als hätte man ihm einen heftigen Stromstoß durch den Körper gejagt, sprang Robinson von der Tischkante. »Eines der Terrarien ist offen? Und leer? Wo? *Wo?*«

»Da... dahinten«, stotterte Peter eingeschüchtert, weil ihn der Arzt förmlich angebellt hatte. »Ich glaube, ich habe mich ein bisschen verlaufen. Es war da rechts hinten. Aber ich hab nichts gemacht! Ehrlich! Ich hab –«

»Verdammt!«, presste Robinson durch die Zähne. »Ihr bleibt hier! Rührt euch nicht vom Fleck – und steigt auf eure Stühle!«, befahl er den Jungen. Dann schnappte er sich eine kleine Taschenlampe, die auf seinem Tisch stand, und lief los.

Die drei ??? taten, wie ihnen geheißen, und kletterten auf ihre Stühle und die Kiste. Starr wie Statuen hockten sie in der modrigen Dämmerung. Sie hörten, wie Robinson durch das gläserne Labyrinth hastete, sahen hier und da den Strahl der Taschenlampe aufblitzen und stierten gebannt zu Boden. Vielleicht schlängelte sich dort ja gleich... oder etwas hüpfte... oder...

In diesem Moment zerriss ein markerschütternder Schrei die Luft.

Justus nimmt die Fährte auf

»Oh, mein Gott!«, stieß Peter panisch hervor. »Das war Robinson! Es hat Robinson erwischt!«

»Dr. Robinson!«, schrie Bob quer durch das Labor. »Dr. Robinson! Was ist los? Was ist passiert?«

Aber er erhielt keine Antwort. Stattdessen hörten die drei Jungen ein Schleifen und Poltern, schwere Schritte, die durch den Raum humpelten, und ein angestrengtes Keuchen.

»Dr. Robinson!«, rief nun auch Justus voller Angst. »Ist Ihnen etwas geschehen?«

Doch auch auf ihn reagierte der Arzt nicht. Er schnaufte nur mühevoll und keuchte, gab jedoch keinen verständlichen Laut von sich. Die drei Jungen glaubten zwar einmal, das Wort »Telefon« zu vernehmen, aber sicher waren sie sich nicht, und sie wussten auch nichts damit anzufangen.

Kurz darauf sahen sie Robinson. Mit schmerzverzerrtem Gesicht hinkte er um die Ecke. Er gab ein kehliges Stöhnen von sich, zog das rechte Bein nach und der Schweiß lief ihm in Strömen herab.

»Dr. Robinson! Was ist passiert? Sind Sie gebissen worden?« Peter blickte den Arzt angsterfüllt an.

Robinson schien den Zweiten Detektiv jedoch gar nicht wahrzunehmen. Entweder war er dazu nicht mehr in der Lage oder es war jetzt einfach keine Zeit für Erklärungen. Ohne die drei Jungen auch nur anzusehen, schleppte er sich zum Schreibtisch, warf seine Taschenlampe hin und wühlte unter einem Stapel Papier das Telefon hervor. Er ergriff fahrig den Hörer, drückte mit zitterndem Finger auf die Neun und wartete. Anscheinend völlig entkräftet, holte er stoßweise Luft, und ein gequältes Pfeifen begleitete jeden seiner Atemzüge.

»Selma!«, ächzte er nach wenigen Sekunden in die

Sprechmuschel. »Schnell, holen Sie ... Jonathan oder wer auch immer ... in der Nähe ist. Ich wurde ... gebissen ... Macrelaps microlepidotus ... sie ist hier noch irgendwo ... Vorsicht ... Vor...sicht ... Macrelaps ... Vor–« Mit einem dumpfen Schlag polterte der Hörer auf den Schreibtisch. Dann sackte Robinson in sich zusammen und sank wie leblos zu Boden.

Die drei Jungen erschauerten. »Ist er ... ist er ... tot?« Peter starrte voller Entsetzen auf den leblosen Körper zu seinen Füßen.

Justus schluckte. »Ich weiß es nicht«, sagte er kaum hörbar, »ich weiß es nicht.«

Bob gelang es als Erstem, das Grauen abzuschütteln. »Hilfe!«, rief er, so laut er konnte. »Hilfe!«

Peter stimmte sofort mit ein und Justus schnappte sich den Hörer und hielt ihn sich ans Ohr. »Hallo? Hallo, ist da wer? ... Hallo? Mist, aufgelegt!« Während seine beiden Freunde weiter aus Leibeskräften um Hilfe schrien, tippte der Erste Detektiv einmal kurz auf die Gabel und wählte gleich danach wie vorhin Robinson die Neun.

Aber noch bevor das erste Freizeichen ertönte, wurde irgendwo eine Tür aufgerissen, und die Neonröhren an der Decke flammten zuckend auf. »Howard!«, brüllte ein Mann. »Howard! Wo bist du?«

»Mr Robinson! Oh, mein Gott, Mr Robinson!« Justus erkannte die Sekretärin, deren Stimme sich schluchzend überschlug.

»Hier ist er! Hier vorne!«, rief Peter. »Und wir auch!«

»Aber hier kriecht auch irgendwo ein Vieh herum, das ihn gebissen hat!«, schickte Bob aufgewühlt hinterher. »Macrosonstwas microdingsbums heißt es.«

»Macrelaps microlepidotus!«, korrigierte Justus mit bebender Stimme.

Keine zehn Sekunden nachdem das Licht angegangen war, hastete ein junger Mann in einem weißen Kittel um die Ecke. Er lief gebückt und seine Augen suchten weit aufgerissen jeden Zentimeter des Bodens ab.

Kurz nach ihm betraten zwei weitere Männer das Labor. Die drei ??? hörten, wie sie sich durch Zurufe miteinander verständigten. Sie hatten offenbar die Aufgabe, das entflohene Gifttier zu finden.

»Hier bei mir ist sie nicht!«, rief der Mann im weißen Kittel seinen beiden Kollegen zu und ließ sich zu Robinson auf den Boden fallen. »Howard!« Er schüttelte den Arzt und wischte ihm die schweißnassen Haare aus der Stirn. »Howard! Hörst du mich?«

»Er … ist, glaube ich, bewusstlos«, sagte Justus mit dünner Stimme.

Der Mann, auf dessen Kittel ein kleines Namensschildchen befestigt war, auf dem *J. Sotherby* stand, griff an Robinsons Handgelenk und fühlte dessen Puls. »Seid *ihr* wenigstens in Ordnung?«, fragte er die drei Jungen, während er auf seine Armbanduhr sah.

Peter und Bob nickten schwach. Nur Justus brachte ein leises »Alles in Ordnung« hervor.

»Verdammt!« Sotherby schob Robinsons Oberlid

hinauf und sah ihm in die Pupille. »Er muss sofort raus hier! Los, packt mit an!«, befahl er den Jungen.

Die drei schauten den Mann entsetzt an. Sie sollten einen Fuß auf diesen Boden setzen? Auf diesen Boden, wo jeden Moment eine giftige Schlange, eine riesige Tarantel oder sonst ein bösartiges Vieh über sie herfallen konnte?

»Macht schon!«, fuhr sie Sotherby an und packte Robinson unter den Achseln. »Er muss sofort auf die Intensivstation! Sofort!«

Peter schluckte. »Aber da kriecht doch irgendwo –«

»Da ist sie!«, schrie in diesem Moment einer der beiden anderen Männer. »Larry, sie kommt genau auf dich zu!«

»Ich seh sie!«

Mit großer Mühe zog Sotherby Robinson unter dem Tisch hervor. »Hier passiert euch nichts«, ächzte er, »vertraut mir. Aber wir müssen Howard jetzt hier rausschaffen!«

Die drei ??? stiegen langsam von ihren Stühlen und der Kiste. Ihre Blicke klebten förmlich auf dem Fußboden, und ihre Ohren hörten nur auf das, was die beiden Männer miteinander redeten. *Bitte!*, flehte Peter in Gedanken. *Bitte fangt dieses Vieh, bevor es uns erwischt!*

»Nimm den Haken, Larry! Nicht das Netz! Da schlüpft sie dir doch durch!«, rief der erste der beiden Männer seinem Kollegen hektisch zu.

»Ja! Ich … warte! Gleich!«, keuchte Larry. »Komm

her, mein Mädchen … jetzt … jetzt … komm zu Papa! Ja … noch ein Stück … Hab ich dich!« Ein triumphierendes Lachen hallte durch das Labor. »Ich hab sie! Alles klar!«, verkündete der Mann stolz. »Sie zappelt am Haken!«

Die drei Jungen konnten sich jedoch kaum über die erfolgreiche Jagd freuen. Zu tief saßen ihnen noch der Schreck und das Grauen in den Gliedern. Justus und Bob nahmen jeder ein Bein des Arztes und Peter half Sotherby. Mit immer noch heftig zitternden Knien trugen sie Robinson durch das Labor in den Korridor, wo er von zwei Krankenpflegern sofort auf eine Trage geladen und abtransportiert wurde.

Eine halbe Stunde verging, bis Sotherby zurückkam. Bevor er mit Robinson verschwunden war, hatte er den drei ??? zugerufen, dass sie auf ihn warten sollten. Er wolle noch mit ihnen reden.

Sie hatten sich daraufhin ins Wartezimmer zurückgezogen, wo sie sich langsam vom ersten Schock erholten. Die Sekretärin, Miss Bancrofft, wie sie inzwischen wussten, hatte jedem von ihnen eine Cola gebracht und sie ein wenig zu beruhigen versucht. Aber Justus hatte den Eindruck, als wollte sie sich damit eher selbst etwas Mut zusprechen, so aufgelöst und fahrig, wie sie wirkte.

»Natal-Schwarzschlange«, war das Erste, was Sotherby sagte, nachdem er das Wartezimmer betreten hatte. Er ließ sich auf einen Stuhl nieder und fuhr sich erschöpft durch die Haare. »Das ist der nicht wissenschaftliche Name der Schlange, die Howard – Dr. Robinson – gebissen hat. Sie stammt aus Südafrika, ist hochgiftig und es gibt bisher noch kein Gegenmittel für ihr Gift. Howard selbst wollte im nächsten Monat mit den Forschungen hierfür beginnen.«

»Und wie geht es ihm?«, fragte Justus voll banger Vorahnungen.

Sotherby zögerte ein paar Sekunden und sagte dann leise: »Howard liegt im Koma. Seine vitalen Funktionen konnten wir zwar so weit stabilisieren, und er ist wohl nicht in akuter Lebensgefahr, aber wie tief dieses Koma ist und wann beziehungsweise ob er daraus jemals wieder erwacht, kann niemand so genau sagen. Die meisten Komafälle nach Bissen von Macrelaps dauerten zwar bisher nur maximal ein paar Stunden, aber jedes Koma verläuft anders. Wir müssen jetzt erst mal abwarten.«

Die drei Jungen schwiegen betroffen und klammerten sich an ihren Coladosen fest. Erst jetzt wurde ihnen in aller Deutlichkeit bewusst, in welch tödlicher Gefahr sie selbst vorhin geschwebt hatten.

»Was ich euch allerdings fragen wollte«, fuhr Sotherby fort, »was ist da drin nun eigentlich passiert? Hat die Schlange Howard gebissen, als er sie untersucht hat, oder was? Und was hattet ihr im Labor überhaupt verloren?«

Justus informierte Sotherby kurz über den Grund ihres Besuches, und Peter erzählte ihm dann von dem offenen Terrarium und davon, was danach geschehen war.

»Was? Die Schlange ist entkommen?« Sotherby sah Peter entgeistert an. »Und Howard wurde gebissen, als er nach ihr gesucht hat?«

»Ja, wie gesagt. Ich erzählte Dr. Robinson das mit dem offenen Terrarium und er lief sofort nach hinten. Und dann passierte es«, bestätigte Peter.

Sotherby schüttelte den Kopf und sagte mehr zu sich selbst: »Ich versteh das nicht. Ich konnte mir das Ganze bisher nur so erklären, dass Howard einfach während einer Untersuchung für einen Moment nicht aufgepasst hat und ihm die Schlange heruntergefallen ist. Schließlich ist er schon seit gestern Nachmittag in der Klinik und hat seitdem kein Auge zugetan. Aber nach dem, was ihr mir gerade erzählt habt, kann man das wohl ausschließen.«

»Vielleicht hat er danach vergessen, das Terrarium zuzumachen, und die Schlange konnte entwischen«, vermutete Peter. »Wenn er übermüdet war, kann ihm das doch leicht passiert sein.«

Sotherby schüttelte den Kopf. »Selbst wenn er es vergessen hätte, ergäbe das keinen Sinn. Howard wurde am Fuß gebissen, nicht an der Hand. Ich habe die Wunde gesehen. Das bedeutet aber wiederum, dass die Schlange irgendwo am Boden herumgekrochen sein muss. Doch selbst aus einem offenen Terrarium wäre sie nie von allein abgehauen, weil sie an den glatten Glaswänden nirgendwo Halt gefunden hätte, um daran herunterzugleiten. Und aus eineinhalb Metern Höhe lässt sich keine Schlange einfach auf den Boden fallen!«

Die drei ??? sahen sich fragend an. Irgendetwas passte hier nicht zusammen.

Sotherby stand auf und wollte sich gerade verabschieden, als Justus noch etwas einfiel. »Äh, eine Frage noch.«

»Ja?«

»Sie haben gerade davon gesprochen, dass Dr. Robinson seit gestern Nachmittag hier gewesen wäre«, sagte Justus nachdenklich. »Ich dachte immer, Forscher hätten einen etwas geregelteren Arbeitstag im Vergleich zu Normalmedizinern.«

»Im Grunde ist das auch so«, erwiderte Sotherby. »Aber Howard hat sich die gestrige Notfallbereitschaft geben lassen, und als Parker eingeliefert wurde, hatte er bis in die Morgenstunden zu tun. Danach begann sein üblicher Dienst.«

»Er hat sich freiwillig für den Bereitschaftsdienst einteilen lassen?«, hakte Bob nach.

Sotherby zog die Schultern hoch. »Ja, was mich auch gewundert hat, weil er eigentlich freigehabt hätte. Aber er meinte, er müsse dringend ein paar Überstunden machen, weil er demnächst mal einige Tage ausspannen wolle und kaum noch Urlaub übrig habe.« Der Arzt lächelte die drei Jungen freundlich an. »Na ja. Jedenfalls danke, dass ihr noch dageblieben seid. Das war eigentlich schon alles, was ich von euch wissen wollte. Also dann, kommt gut nach Hause!« Sotherby schüttelte jedem die Hand und verließ das Wartezimmer.

Peter erhob sich ebenfalls. »Lasst uns von hier verschwinden, Kollegen. Mein Bedarf an Aufregung ist für heute gedeckt, ich muss mich jetzt erst mal ein bisschen erholen.«

»Geht mir genauso«, pflichtete ihm Bob bei und drückte sich von seinem Stuhl hoch.

Justus dagegen machte keine Anstalten aufzustehen, ganz im Gegenteil. Er lehnte sich zurück, kniff konzentriert die Augen zusammen und begann, seine Unterlippe zu kneten.

»Just, was ist? Kommst du?« Peter tippte ungeduldig mit dem Fuß auf den Boden. »Ich weiß zwar nicht, worüber du jetzt schon wieder nachgrübelst, aber das kannst du doch auch zu Hause machen, oder?«

»Hm«, brummte Justus, ging aber ansonsten nicht weiter auf Peter ein. Noch ein paar Sekunden blieb er gedankenversunken auf seinem Plastikstuhl sitzen. Plötzlich erhob er sich, ging auf die Tür zu und sagte, ohne seine beiden Freunde anzusehen: »Wartet bitte noch einen Augenblick, ich bin gleich wieder da.«

Bevor Peter oder Bob noch etwas erwidern konnten, hatte Justus das Wartezimmer verlassen. Sie hörten, wie er auf der anderen Seite des Korridors das Sekretariat betrat und mit Miss Bancrofft ein paar Worte wechselte, wovon sie allerdings nichts verstanden. Eine Minute später war er wieder bei ihnen.

»Was wolltest du denn noch von Miss Bancrofft?«, erkundigte sich Bob.

Aber Justus schien Bobs Frage gar nicht gehört zu haben. Er wirkte immer noch seltsam abwesend, so als ließe ihm irgendetwas keine Ruhe. Schließlich atmete er tief durch und nickte schwer. »Wir müssen da noch einmal rein«, sagte er leise.

Peter zog die Augenbrauen zusammen. »Wo rein?«, fragte er misstrauisch, und eine ungute Ahnung stieg in ihm hoch.

»Ins Labor«, erwiderte Justus. »Wir müssen zurück ins Labor.«

Kräuterkunde

»Wir müssen wa–?« Peter blieb das Wort im Halse stecken. Aus weit aufgerissenen Augen starrte er Justus an.

Aber auch Bob wirkte alles andere als begeistert vom Vorschlag des Ersten Detektivs. Er schaute sich nach dem nächstbesten Stuhl um und ließ sich auf die Sitzfläche fallen. »Du willst da noch mal rein?«, fragte er verstört. »Aber wieso?«

»Hört zu!«, begann Justus. »Nach dem, was wir von Dr. Sotherby erfahren haben, liegt die Vermutung nahe, dass jemand absichtlich die Schlange aus dem Terrarium geholt hat, denn ein Versehen seitens Dr. Robinsons können wir ausschließen. Damit stellen sich zwei Fragen: Wer hat die Schlange befreit – und warum? Im Hinblick auf das Warum finde ich es zunächst äußerst merkwürdig, dass genau *der* Arzt einem giftigen Tier zum Opfer fällt, der einen Sportler behandelt, der ebenfalls von einem Gifttier gebissen wurde. Des Weiteren kamen beide Unglücksfälle unter sehr mysteriösen Umständen zustande, und auch die Tatsache, dass sowohl der Skorpion als auch die Schlange aus Südafrika stammen, gibt mir zu denken. Ich weiß zwar noch nicht, wie das alles zusammenpasst, aber dass es da eine Verbindung gibt, rieche ich.«

»Riechst du?«, entgegnete Peter skeptisch. »Ich rieche hier vor allem eine Menge Ärger, wenn wir da einfach so reinspazieren – ganz zu schweigen davon, dass ich mir weitaus gemütlichere Orte vorstellen kann als diesen Horrorzoo da drin.«

»Und was das ›Wer‹ betrifft«, fuhr Justus unbeeindruckt fort, »gibt es eigentlich nur eine Erklärung. Es kommt meiner Meinung nach nur eine einzige Person infrage, die die Schlange aus ihrem Terrarium gelassen haben kann.« Der Erste Detektiv machte eine dramatische Kunstpause und sah seine Freunde aufmunternd an.

»Und die wäre?«, fragte Bob ratlos.

»Überlegt doch mal ...«

»Just, mach jetzt bitte keinen auf Strengt-mal-euren-Grips-an-und-kommt-selber-drauf!«, knurrte Peter. »Ich hab dafür jetzt wirklich keinen Nerv!«

»Ich wollte euch lediglich die Möglichkeit eines kleinen Erfolgserlebnisses verschaffen«, verteidigte sich Justus augenzwinkernd. »Aber gut, dann sag ich's euch eben.«

»Ich bin dir zu ewigem Dank verpflichtet«, frotzelte Peter.

»Also, der Einzige, der die Schlange meiner Meinung nach freigelassen haben kann, ist Deep Voice!«

»Deep wer?«, echote Peter verdutzt.

»Deep Voice!«, wiederholte Justus. »So habe ich der Einfachheit halber den Kerl genannt, der kurz vor uns bei Robinson im Labor war! Der Name kam mal in einem Film vor, in dem man auch nur die tiefe Stimme eines Mannes kannte, aber bis zum Ende ansonsten nichts von ihm wusste.«

»Stimmt!«, rief Bob. »Es *kann* ja nur der gewesen sein! Denn wenn das Terrarium schon länger geöffnet und leer gewesen wäre, hätte es Robinson entweder bemerkt oder er wäre früher gebissen worden!«

»So ist es!«, bekräftigte Justus. »Es könnte zwar auch sein, dass die Schlange bereits viel früher befreit wurde und sich seitdem versteckt hielt, aber ich habe ja eben kurz mit Miss Bancrofft gesprochen, und sie erzählte mir, dass seit dem Vormittag niemand außer Robinson im Labor war. Und dass Robinson die ganze Zeit über nicht aufgefallen sein soll, dass einer der Glaskästen offen stand, ist kaum anzunehmen. Es muss also Deep Voice gewesen sein, der die Natal-Schwarzschlange herausgelassen hat. Und wenn ihr daran denkt, wie wütend der war, als er aus dem Labor kam, dann haben wir einen weiteren Beleg für diese These.«

»Rache?« Bob blickte Justus fragend an.

»Womöglich.«

Peter und Bob nickten nachdenklich. Die Zusammenhänge, die Justus eben dargelegt hatte, waren nicht von der Hand zu weisen.

»Just!«, fiel Peter plötzlich ein. »Die Sekretärin müsste doch wissen, wer bei Robinson war! Der musste sich sicher genauso bei ihr anmelden wie wir!«

Der Erste Detektiv verzog missmutig das Gesicht. »Das hatte ich auch gehofft und Miss Bancrofft danach gefragt. Aber sie meinte, sie kenne den Mann nicht, nur seine Stimme. Er sei schon öfter bei Robinson gewesen, aber der habe ihn wie immer unten an der Pforte abgeholt und sei dann mit ihm zusammen ins Labor gegangen. Er habe noch nie bei ihr reingeschaut, und daher wisse sie weder, wie der Mann aussieht, noch, wie er heißt. Und genau das –«, Justus kniff die Lippen zusammen und nickte bedeutungsschwer, »ist der Grund, wieso wir noch einmal ins Labor müssen.«

Peter sah Justus verständnislos an. »Aber warum? Was erhoffst du dir davon?«

»Ganz einfach! Ich hoffe, da drin irgendwelche Hinweise zu finden, die uns verraten, wer der Mann ist«, antwortete Justus. »Vielleicht hat Robinson das Treffen irgendwo festgehalten, in einem Kalender, einem Organizer oder was weiß ich. Und wenn wir jetzt nicht hineingehen und zu lange warten, dann räumt einer seiner Mitarbeiter später den Schreibtisch auf, verwischt Spuren, beseitigt Beweismittel et cetera und wir tappen weiter im Dunkeln. *Jetzt* ist *die* Gelegenheit, solange alles noch in heller Aufregung ist und keiner daran denkt, im Labor weiterzuarbeiten! Nachher ist die Chance vorbei!«

Bob stand langsam wieder von seinem Stuhl auf. »Wir könnten zwar auch warten, bis Robinson aus seinem Koma erwacht und diesen Typen selbst anzeigt«, führte er Justus' Gedankengang weiter. »Aber ich könnte mir genauso gut vorstellen, dass er ihn auf keinen Fall verraten will, weil er Angst davor hat, was danach passiert. Ein Kerl, der einem eine Giftschlange auf den Hals hetzt, ist wahrscheinlich noch zu ganz anderem fähig. Und außerdem habe ich mal gelesen, dass sich viele Komapatienten nach ihrem Erwachen nur noch lückenhaft an das erinnern können, was vorher geschehen ist. Manche vergessen sogar ihr halbes früheres Leben, und Robinson weiß vielleicht gar nicht mehr, wer der ominöse Besucher war.« Der dritte Detektiv seufzte hörbar auf und meinte dann: »Ich wünschte, es wäre anders, Erster, aber ich fürchte, du hast recht. Wenn wir etwas erfahren wollen, dann müssen wir jetzt ins Labor. Jetzt oder nie!«

Peter verdrehte die Augen und ließ geräuschvoll Luft aus seinen Backen entweichen. »Oh Mann!«, stieß er resigniert hervor und warf Justus einen anklagenden Blick zu. »Manchmal hasse ich es einfach, wenn du recht hast!«

Miss Bancrofft stellte für die drei ??? kein Hindernis dar. Die Tür zum Sekretariat stand zwar einen Spalt weit auf, aber sie telefonierte gerade mit einer Freundin und erzählte ihr aufgelöst und in den dramatischsten Farben von dem Unglück, das ihren Chef ereilt hatte. Von den drei Jungen, die draußen über den Korridor schlichen und dann mit einem leisen Quietschen die Tür zum Labor öffneten, bekam sie nichts mit.

Das Licht brannte noch, als die drei ??? den Raum betraten. Gleißend hell beschien es Hunderte von aneinandergereihten und übereinandergestellten Glaskästen, deren Scheiben die leuchtenden Neonröhren funkelnd reflektierten und mit ihren schier endlosen, spiegelnden Fronten noch mehr als vorhin den Eindruck eines gläsernen Labyrinths erweckten.

»Wo ging's noch mal lang?«, flüsterte Bob verwirrt.

Justus deutete geradeaus nach vorne. »Wir sind zuerst diesen Gang entlanggelaufen und dann rechts abgebogen.«

Einer hinter dem anderen liefen sie auf Zehenspitzen vorbei an den Terrarien. Einige Tiere hatten sich vor der Helligkeit in ihre Behausungen, unter Strohhaufen oder in ausgehöhlte Äste verkrochen. Aber hier und da starrte sie doch ein ausdrucksloses Froschauge an, schimmerte der haarige Körper einer riesigen Spinne oder witterte die gespaltene Zunge einer Schlange ihre Furcht.

»Und jetzt gleich wieder links«, befahl Justus, als sie um die Ecke gebogen waren. »Dann ein Stück geradeaus, wieder rechts, und wenn mich nicht alles täuscht, müssten wir danach vor dem Schreibtisch stehen.«

»Wenn mich nicht alles täuscht!«, raunte Peter. »Und wenn dich doch alles täuscht, landen wir im Futtertrog für die Riesenpython oder was?«

Aber Justus sollte recht behalten. Genau da, wo er vermutet hatte, fanden sie den Arbeitsplatz von Dr. Robinson, an dem sich in der Zwischenzeit auch wirklich niemand zu schaffen gemacht hatte. Alles sah noch genauso wüst und unordentlich aus wie vorhin.

»Wie sollen wir hier denn jemals etwas Brauchbares finden?«, jammerte Bob. Im Licht nahm sich das Chaos auf dem Tisch noch viel schlimmer aus als vorhin im Dunkeln.

»Sucht nach einem Tischkalender, einem Notizbuch, einem Organizer, Tagesplaner – irgendetwas in der Art.« Justus begann schon einmal, vorsichtig zu wühlen.

Behutsam und ohne allzu viel durcheinanderzubringen, hoben die drei Jungen Blätter an, blickten unter Bücherstapel, sahen im Papierkorb nach und in den Schubladen. Justus durchforstete sogar den Computer nach irgendwelchen Einträgen.

»Was ist denn das?«, sagte Bob nach einer Weile und nahm etwas in die Hand, was auf einem Regal über dem Schreibtisch stand. Es war eine winzige, kunstvoll gefaltete Papierfigur, die bei näherem Hinsehen einem Skorpion glich.

»Hm, Dr. Robinson ist ein Origami-Fan! Interessant!« Justus betrachtete neugierig das Figürchen.

»Äh, wie kommst du denn jetzt auf dieses Pizzagewürz?« Peter machte ein verdutztes Gesicht. Er wusste zwar, dass Justus einen gesegneten Appetit hatte, aber wie er beim Anblick eines Papierinsekts auf ein Küchengewürz kam, war ihm schleierhaft.

»Origami, nicht Oregano«, verbesserte ihn Justus jedoch. »Origami ist die Bezeichnung für die japanische Papierfaltkunst, und das Ding hier ist künstlerisch durchaus wertvoll, soweit ich das beurteilen kann.«

»Ach so, Origami! Sag das doch gleich.« Peter lächelte überlegen und wandte sich wieder dem Schreibtisch zu. Aber in Wirklichkeit hatte er noch nie etwas von Origami gehört. Und Justus wusste das. Und Peter wusste, dass Justus das wusste.

Schlangenfutter

Ein paar weitere Minuten vergingen, doch die drei ??? fanden keinen einzigen brauchbaren Hinweis. Offenbar führte Robinson weder einen Kalender noch einen Organizer oder etwas Ähnliches. Die drei Detektive wollten ihre Suche gerade einstellen, als Peter noch hinter einige Ordner sah, die am Rand des Tisches aufgereiht waren. Und dort, hinter den Ordnern, entdeckte er es.

»Hier, Kollegen, ich glaube, ich habe was.« Der Zweite Detektiv hielt ein kleines, in schwarzes Leder gebundenes Buch in der Hand und blätterte darin.

»Eine Art Kalender in Buchform. Jeder Tag hat eine einzelne Seite, und überall stehen Uhrzeiten, Namen, Notizen und aller möglicher Kram, der mir nichts sagt.«

»Zeig mal her«, bat Justus und warf über Peters Schulter einen Blick in das Buch. »Hm, das könnte interessant sein. Geh doch mal zum heutigen Tag und schau, ob da ein Vermerk ist, der uns weiterhilft.«

Peter schlug das aktuelle Datum auf. Gespannt suchten die Jungen nach den Eintragungen für den Nachmittag.

»Nur Einkaufsnotizen«, flüsterte Peter. »Und da steht – wartet mal – CPT, Ausrufezeichen. Aber Robinson hatte keinen Termin. Genau wie es Miss Bancrofft gesagt hat.«

»Doch, hier!«, sagte Bob plötzlich und deutete auf eine Zeile. »Da ist was! Da hat Robinson geschrieben: ›17 Uhr 30‹ und ›M. M‹.«

»Halb sechs«, überlegte Justus, »das würde genau passen! Wir waren etwa um Viertel vor sechs hier und ein paar Minuten später verließ der Mann das Labor.« Seine Augen blitzten vor detektivischem Tatendrang, als er hinzufügte: »Jetzt müssen wir nur noch herausfinden, wer dieser M. M. ist, dann haben wir eine wirklich heiße Spur, Kollegen!«

»Wobei das sehr schwer werden dürfte«, gab Bob zu bedenken. »Hinter den Initialen M. M. – wenn es sich denn um solche handelt – kann sich ein anderer Arzt verbergen, aber genauso gut ein Bekannter von Robinson, ein Freund, ein ehemaliger Patient und so weiter. Ich wüsste nicht, wo wir mit unseren Nachforschungen anfangen sollten.«

»Aber Robinson hat sich mit M. M. tatsächlich nicht nur einmal getroffen«, sagte Peter und hielt seinen beiden Freunden eine andere Seite des Buches unter die Nase. »Genau wie es Miss Bancrofft sagte. Hier, ich habe ein bisschen nach vorne geblättert und dabei zwei weitere Einträge mit M. M. gefunden. Da und … da. Seht ihr?«

»Und hier steht auch noch einmal dieses andere Kürzel von vorhin: CPT.« Justus zeigte auf das Ende der Seite. »CPT, das Zeichen für *ungefähr* und dann noch 80, 1,5 bis 2,5, PT/PG/PC.«

»CPT, ≈ 80, 1,5 bis 2,5, PT/PG/PC?« Bob runzelte die Stirn. »Und wie sollen wir daraus jemals schlau werden?«

Justus winkte ab. »Im Moment interessiert uns vor allem, wer M. M. ist. Lasst uns noch notieren, wie oft dieser M. M. in dem Kalender vorkommt und wann Robinson jeweils mit ihm zu tun hatte. Darauf können wir dann unsere weiteren Ermittlungen aufbauen. Und danach nichts wie raus hier.«

»Liebend gerne«, erwiderte Peter erleichtert und öffnete die erste Seite des Buches.

Insgesamt siebenmal fand sich die Abkürzung M. M. in dem Kalender, wobei nicht immer Zeitangaben dabeistanden, und wenn, dann verteilten die sich über den ganzen Tag. Aber sie entdeckten auch jenes CPT und die PTs, PGs und PCs mit den verschiedensten Zahlenangaben so oft in dem Buch, dass Justus, einer inneren Eingebung folgend, es doch für nötig befand, sich diese Eintragungen ebenfalls aufzuschreiben. Dabei handelte es sich bei diesen Vermerken stets um eine erste Zahl zwischen fünfzig und hundert und einen zweiten Eintrag, der eine Differenz von zwei Zahlen oder einen Abstand angab. 1,5 war hierbei der kleinste erste Wert und 3 der größte und 2,5 der kleinste zweite Wert und 8 der größte.

»Vielleicht haben die Zahlen was mit seiner Arbeit zu tun?«, versuchte Peter eine erste Deutung der Ziffern.

»Kann sein. Weiß nicht.« Justus machte ein skeptisches Gesicht.

»Und die Buchstaben könnten für –«

Von einer Sekunde auf die andere verstummte Peter. Festgefroren in seinen Bewegungen, starrte er auf die Reihen der gläsernen Gefängnisse und versuchte, durch sie hindurchzusehen. Denn dort hinten hatte soeben eine Tür ganz leise in ihren Angeln gequietscht!

»Da kommt jemand!«, flüsterte Bob, und seine Blicke huschten nervös hin und her auf der Suche nach einer Fluchtmöglichkeit oder einem Versteck.

»Verdammt!«, hauchte Peter. »Wer kann das sein?«

Justus wollte gerade etwas erwidern, als ihm das Blut in den Adern gefror. Aber auch Peter und Bob stockte der Atem, denn mit einem Mal wussten sie ganz genau, wer das Labor betreten hatte. Ein Wort hatte dazu gereicht – »Endlich!« –, aber diesem Wort gehörte eine Stimme, die sie erst vor einer knappen

Stunde zum ersten Mal vernommen hatten. Es war eine raue Stimme, eine tiefe Stimme, eine, die sehr wütend war. Es war die Stimme des Mannes, der Robinson auf dem Gewissen hatte! Es war Deep Voice!

Peter schlug verzweifelt die Hände vors Gesicht. *Der macht kurzen Prozess mit uns!*, schoss es ihm durch den Kopf. *Wenn der uns hier findet, ist es aus! Der bindet uns die Schlangen eigenhändig um den Hals!*

Auch Bob geriet in Panik. Er machte einen Schritt nach da und einen nach dort, blieb wieder stehen, schaute sich hektisch um und wäre am Ende fast unter den Schreibtisch gekrochen.

Aber Justus packte ihn an der Schulter. »Da rein!«, raunte er und zeigte auf eine unscheinbare Tapetentür. Ein paar Meter links vom Schreibtisch sah man nicht mehr von ihr als den Knauf. Der Rest verschwand nahtlos in der Wand.

Der Erste Detektiv hatte fieberhaft nachgedacht. Einen Moment hatte er sich überlegt, ob es nicht besser wäre, sich dem Mann zu zeigen und so zu tun, als hätten sie bei ihrem vorigen Besuch bei Dr. Robinson etwas verloren, nach dem sie jetzt suchten. Sie hätten sich nicht verstecken und nicht flüchten müssen und hätten bei dieser Gelegenheit dem Mann von Angesicht zu Angesicht gegenübergestanden und so erfahren, um wen es sich handelte. Wenn es ein Mitarbeiter oder ein Angestellter des Krankenhauses war, würde er sie vielleicht herunterputzen und davonjagen, aber mehr konnte ihnen wohl nicht passieren.

Doch Justus verwarf diesen Plan sofort wieder. Erstens glaubte er nicht, dass es sich bei Deep Voice um jemanden aus dem Krankenhaus handelte, denn dann hätte Robinson ihn nicht von der Pforte abholen und ins Labor bringen müssen. Und zweitens war er sich sicher, dass der Mann hier im Labor genauso wenig verloren hatte wie sie selbst. Denn warum sonst wusste zum Beispiel Miss Bancrofft bis heute nicht, wer er war?

Damit war jedoch eines klar: Sie durften ihm auf keinen Fall hier drin über den Weg laufen! Geschah das, konnten sie ihn nämlich verraten, und jemand, der andere mit Hilfe giftiger Schlangen aus dem Weg zu räumen versuchte, würde wohl auch keine Skrupel haben, drei Jungs zum Schweigen zu bringen, die ihm in die Quere kommen konnten.

»Wo geht es da hin?«, wisperte Bob mit Blick auf die Wandtür.

»Ein Hinterausgang?«, hoffte Peter.

»Vielleicht«, flüsterte Justus. »Hauptsache, weg von hier!« Der Erste Detektiv war sich sicher, dass der Mann irgendwann hier am Schreibtisch aufkreuzen würde.

Peter lief so leise wie möglich zu der Tür, drehte den Knauf und trat in den Raum dahinter. Nach dem hell erleuchteten Labor konnten seine Augen in dem herabgedimmten Licht zunächst kaum etwas erkennen. Ein muffiger Geruch schlug ihm entgegen, aber zumindest war es hier drin nicht ganz so warm.

Irgendwo raschelte es.

»Mach schon, Zweiter, geh rein!«, drängte Bob und schob Peter in das Halbdunkel.

Justus schnappte sich noch Robinsons Kalender, den Peter in der Aufregung wieder auf den Tisch geworfen hatte, und schlich als Letzter hinter Bob in den Raum. Mit einem leisen Klackgeräusch zog er die Tür zu.

Keine Sekunde zu früh! Kaum dass sich die drei Jungen auf den Boden gekauert hatten, drang dumpf die wutentbrannte Stimme des Mannes durch die dünne Tapetentür. »Wo ist das verdammte Zeug?«, schimpfte er vor sich hin. »Es muss doch hier irgendwo sein!« Er musste jetzt ganz nah sein, stand vermutlich direkt vor dem Schreibtisch.

Mit angehaltenem Atem sahen sich die Jungen um. Sie befanden sich in einem schlauchartigen Zimmer, an dessen hinterer Wand etwa ein Dutzend würfelförmiger schwarzer Kästchen aufgestapelt war, die alle einen Henkel hatten. Sie sahen fast aus wie Kosmetikköfferchen, waren aber bis auf eine gitterförmige Oberflächenstruktur schmucklos und offenbar aus Plastik.

Wieder raschelte es.

»Ich weiß, dass sie hier sind!« Die dunkle Stimme klang lauter, näher.

Über den Kästchen befand sich in halber Höhe ein aufklappbarer Feuermelder, neben dem ein rotes Löschgerät hing. Ansonsten war diese Wand kahl und fensterlos wie allem Anschein nach der ganze Raum, denn nirgendwo sickerte Tageslicht ein.

»Ich mach ihn alle! Ich mach ihn alle!«, fluchte

draußen der Mann. Offenbar hatte er immer noch nicht gefunden, wonach er suchte. Aber seiner Stimme nach zu urteilen, stand er jetzt direkt vor der Tür!

Justus suchte die Decke nach einem möglichen Fluchtweg ab und Peter und Bob sondierten panisch die linke und rechte Wand. Sie mussten raus hier! Sofort! Irgendwie!

Aber als Peter sich seine Seite des Raums genauer ansah, jagte ihm ein eiskalter Schauer den Rücken hinab. Gerade noch konnte er einen Aufschrei unterdrücken, starrte aber voller Abscheu auf die zahllosen, durchsichtigen Plastikkisten, die in den Regalen standen.

Denn dort drin wuselte es geradezu vor Mäusen und Ratten! Hunderte dieser kleinen Nager liefen in den Kisten über- und untereinander hin und her, drückten sich an die Plastikscheiben und wischten sich gegenseitig mit ihren nackten Schwänzen über die Schnauzen.

Jetzt wusste Peter, woher das andauernde Rascheln gekommen war. Sie waren in der Futterkammer gelandet! In diesen Kisten befanden sich all die Tiere, die über kurz oder lang im Magen irgendeiner Schlange enden würden!

Bei der Vorstellung, wie eine der Mäuse im Schlund einer Schlange verschwand, schüttelte es den Zweiten Detektiv vor Ekel. Aber eine Sekunde später ergriff ihn und auch Justus und Bob ein viel schlimmeres Gefühl: blankes Entsetzen!

Der Türknauf hatte sich gedreht!

Eine Leiche verschwindet

Den drei ??? stockte der Atem. Wie in Zeitlupe sahen sie die Tür aufgehen, die diesmal leise knarzte. Ein Keil hellen Lichtes fiel in die schummerige Futterkammer und wurde schnell größer.

»Vielleicht ist das Zeug ja hier drin!«, hörten sie Deep Voice sagen. Und dann schob sich ein Fuß durch die Öffnung! Jede Sekunde musste sie der Mann entdecken!

Plötzlich schoss Peter ein Gedanke durch den Kopf. Oder vielmehr stand ihm ein Bild vor Augen, ein Bild von etwas, was er gerade gesehen hatte. Und noch bevor er so recht wusste, was er da tat, drückte er sich nahezu lautlos vom Boden ab, klappte den Deckel des Feuermelders hoch und presste den roten Knopf hinein.

»Peter!«, raunte Justus noch, aber im gleichen Moment brach die Hölle los.

Eine Sirene brüllte aus einem Lautsprecher irgendwo über ihnen, schrill und durchdringend, und fast gleichzeitig stieß Deep Voice einen überraschten Schrei aus. »Verdammt!«, entfuhr es ihm, und er erschrak so sehr, dass er die Tür mit einem Ruck aufstieß, die mit einem lauten Knall gegen die Wand flog.

Doch in dem Augenblick, in dem die drei ??? ihn und er sie hätte sehen können, drehte sich der Mann um und wandte den Jungen den Rücken zu. Eine Sekunde später rannte er los und verschwand aus der Türöffnung.

Sekundenlang rührte sich keiner der drei ???. Wie gelähmt verharrten sie im Raum. Sie konnten es kaum glauben, dass sie dieser brenzligen Situation noch einmal entkommen waren.

»Los, raus hier!«, stieß Justus schließlich heiser hervor. »Wir müssen raus hier!«

Peter und Bob nickten und wortlos stahlen sich die drei ??? aus der Futterkammer. Unter dem ohrenbetäubenden Gellen des Feueralarms rannten sie durchs Labor, eilten am Zimmer von Miss Bancrofft vorbei und standen schließlich auf dem Krankenhausgang. Erst hier bekamen sie ihre Nerven wieder einigermaßen in den Griff und fühlten sich halbwegs in Sicherheit.

Allerdings war hier draußen mittlerweile der Teufel los. Pfleger, Ärzte, Schwestern, Patienten – alle rannten irgendwohin, schrien durcheinander und wussten offensichtlich nicht, was zu tun war.

»Lasst uns das Treppenhaus nehmen«, sagte Peter. »Nachher stellen die noch den Fahrstuhl ab, weil sie glauben, dass es brennt.«

Zusammen liefen sie die fünf Stockwerke hinunter und einige Minuten später saßen sie endlich auf ihren Fahrrädern und waren auf dem Weg nach Hause.

»Ist ja gut, ist ja gut!« Peter hob aus seinem Sessel heraus beschwichtigend die Hände. »Auch ein blindes Huhn findet eben einmal ein Korn.«

»Jetzt übertreib's aber nicht mit deiner Bescheidenheit, Zweiter!« Justus zeigte mit dem Bleistift, den er in der Hand hielt, auf seinen Freund. »Es ist schon so, wie Bob gesagt hat: Das war wirklich eine reife Leistung. Du hast blitzschnell kombiniert und dann geistesgegenwärtig reagiert. Genau das zeichnet einen guten Detektiv aus. Wenn du den Feuermelder nicht gedrückt hättest, wäre Deep Voice mit Sicherheit in die Futterkammer gekommen. Und was dann passiert wäre, darf ich mir gar nicht vorstellen!«

»Der ist aber wirklich davongewetzt wie ein Hase!« Bob freute sich immer noch diebisch, wenn er an den Ausgang ihres gestrigen Abenteuers dachte. »Und sein Schrei war echt filmreif!« Er imitierte noch einmal den erschrockenen Aufschrei des Mannes, als plötzlich der Feueralarm durch das Labor gedröhnt war, sah sich für eine Sekunde gehetzt um und trommelte dann mit den Füßen auf den Boden der Zentrale. Dorthin hatten sie sich nämlich für heute Vormittag verabredet, um das weitere Vorgehen zu besprechen.

Justus und Peter lachten laut auf.

»So schnell ist er aber mindestens gelaufen!«, befand der Zweite Detektiv glucksend. »Als wäre der Teufel hinter ihm her!«

Justus wischte sich ein kleines Lachtränchen aus dem Auge und wurde dann wieder ernst. »Aber diese überstürzte Flucht, Kollegen, belegt nur umso deutlicher unsere These, dass Deep Voice auf keinen Fall im Labor gesehen werden wollte. Nach dem Alarm musste er befürchten, dass jeden Augenblick jemand dort auftauchen würde, und deswegen ist er Hals über Kopf abgehauen.«

Peter und Bob nickten nachdenklich. Bis hierhin hatten sich die Schlussfolgerungen, die Justus gestern blitzschnell im Labor gezogen hatte und die er seinen Freunden vorhin in aller Ausführlichkeit mitgeteilt hatte, bewahrheitet. Aber dennoch brachte sie das noch keinen Deut weiter. Sie wussten immer noch nicht, wer Deep Voice war, ob er die Schlange freigelassen hatte und was das alles beziehungsweise *ob* das alles etwas mit Parker zu tun hatte.

Für ein paar Minuten sagte keiner der drei ??? etwas. Jeder hing seinen eigenen Gedanken nach und überlegte, wie es nun weitergehen könnte.

»Lasst uns doch einmal genau durchgehen, was wir bis jetzt haben«, schlug Justus schließlich vor. Er nahm sich ein Blatt Papier und setzte sich am Schreibtisch zurecht. »Also, mit Parker hat alles begonnen.« Er malte einen Kreis in die Mitte des Blattes und schrieb den Namen des Sportlers hinein.

»Dann wurde Robinson gebissen«, fuhr Peter fort und rückte auf die Kante seines Sessels vor.

»Robinson«, wiederholte Justus und zeichnete einen zweiten Kreis mit dem Namen des Arztes darin. Dazu zog er einen Pfeil von Robinson zu Parker, auf dem *behandelt* stand.

»Und beide wurden von Gifttieren aus Südafrika gebissen«, ergänzte Peter.

Ein Südafrika-Kreis entstand auf dem Blatt, neben

den Justus *schwarzer Skorpion* und *Natal-Schwarzschlange* schrieb. Dann skizzierte er noch die zugehörigen Verbindungslinien zu Robinson und Parker.

»Und M. M. alias Deep Voice hat bisher nur etwas mit Robinson zu tun«, murmelte der Erste Detektiv konzentriert und übertrug die entsprechenden Symbole und Namen auf das Papier.

»Bleiben noch die anderen seltsamen Kürzel aus dem Kalenderbuch.« Bob sah seine Freunde fragend an. »Glaubt ihr, dass die irgendwie wichtig sind?«

»Du meinst dieses CPT-Zeug mit den ganzen Zahlen? Hm.« Peter wiegte unentschlossen den Kopf hin und her.

»Ich schreibe es mal dazu«, sagte Justus. »Zumindest hat es sehr viel mit Robinson zu tun und im Moment müssen wir jeder Spur nachgehen.« Wieder huschte der Bleistift über das Papier und eine Minute später war die Skizze fertig.

»Also, so sieht die Sache gegenwärtig aus!« Justus hielt das Blatt hoch und zeigte es Peter und Bob.

»Hübsch«, urteilte Bob mit einem Blick auf das etwas verworrene Diagramm aus Kreisen, Wörtern und Pfeilen. »Zwar nicht besonders aufschlussreich, aber hübsch.«

»Künstlerisch wertvoll!« Peter hob den Daumen und nickte Justus gewichtig zu.

»Ich will nicht wissen, ob euch das *ge*fällt, sondern ob euch dazu irgendetwas *ein*fällt!«, moserte der Erste Detektiv.

Peter und Bob überlegten einige Augenblicke.

Dann sagte der Zweite Detektiv: »Also, wenn wir den Fall einmal ganz von vorne aufrollen, dann wäre es doch vielleicht sinnvoll, sich ein bisschen unter Parkers Kollegen umzuhören. Denn wenn sein Verdacht richtig ist, dass ihn jemand aus dem Weg räumen wollte, dann könnte dieser Jemand doch sehr wahrscheinlich einer seiner Konkurrenten sein. Was meint ihr?«

»Zumindest hätte einer der anderen Volleyballer beste Möglichkeiten gehabt, Parker den Skorpion unterzujubeln«, fügte Bob hinzu. »Vielleicht hat ihm ja einer das Vieh in seine Sporttasche gesteckt.«

»Und wie willst du das anstellen, Zweiter?« Justus ließ das Blatt wieder sinken. »Wie willst du dich *unter Parkers Kollegen umhören*, wie du das nanntest?«

»Ich dachte, ich frage Parker, ob er mich da irgendwie einschleusen kann«, erwiderte Peter. »Er könnte mich ja als hoffnungsvolles Nachwuchstalent ausgeben, das den Stars ein bisschen was abschauen will.« Der Zweite Detektiv grinste schelmisch. »Und sooo schlecht bin ich ja nicht im Beachvolleyball, dass der Schwindel sofort auffliegen würde.«

Zu behaupten, dass er nicht so schlecht war in dieser Sportart, war eine maßlose Untertreibung von Peter. Er war einfach überragend. Als Sportass der Schule brillierte Peter ohnehin in fast jeder sportlichen Disziplin, wenn man vom Kurzstreckenschwimmen einmal absah. Aber seit er vor zwei Jahren Beachvolleyball für sich entdeckt hatte, schlug er seinen

Gegnern derart den Ball um die Ohren, dass kaum noch Schüler gegen ihn antreten wollten.

»Das könnte funktionieren«, meinte Justus. »Wenn dich Parker da wirklich reinbringen kann, könntest du seine Kontrahenten mal ein bisschen unter die Lupe nehmen. Vielleicht ist tatsächlich einer dabei, an dem dir irgendetwas Merkwürdiges auffällt. Wir können Parker ja kurz anrufen und fragen, ob er das irgendwie deichseln kann. Und wir beide«, fuhr der Erste Detektiv fort und sah Bob dabei an, »sollten der Klinik noch einmal einen Besuch abstatten.«

»Und … wozu?«, fragte Bob vorsichtig nach. Seine Abneigung gegen Krankenhäuser, insbesondere solche mit tropenmedizinischen Laboren, war seit gestern sprunghaft gestiegen.

»Schauen, wie es Dr. Robinson geht und ob er inzwischen aus seinem Koma erwacht ist«, erwiderte Justus. »Wenn ja, dann können wir ihn gleich selbst zu den ganzen Vorgängen von gestern befragen und ihn mit unserer These bezüglich Deep Voice konfrontieren. Außerdem sind im Hinblick auf Parker noch einige Fragen offen, auf die ich gerne eine Antwort hätte.«

»Und wenn nicht? Wenn Robinson noch immer im Koma liegt?«

»Dann müssen wir auch im Krankenhaus weiterermitteln, weil dort im Moment alle Fäden zusammenlaufen. Vielleicht erinnert sich ja doch jemand an Deep Voice. Der Pförtner zum Beispiel. Und mit Parker sollten wir uns auch noch einmal unterhalten. Er soll uns den Hergang des Unfalls – oder Anschlags – in allen Einzelheiten aus seiner Sicht schildern. Unter Umständen finden wir so noch ein paar Anhaltspunkte, die uns weiterbringen.«

»Okay, Kollegen. Aber bevor wir jetzt alle ausschwärmen, muss ich was essen. Ich sterbe vor Hunger.« Peter klopfte sich demonstrativ auf seinen Bauch.

Justus nickte. »Ich mach uns drüben schnell ein paar Sandwiches. Ihr könnt ja unterdessen schon mal bei Parker anrufen und abklären, ob er das mit dem Einschleusen arrangieren kann. Und sagt ihm auch gleich, dass Bob und ich nachher zu ihm kommen!«

»Alles klar.«

Ein paar Minuten später war der Erste Detektiv mit drei Flaschen Cola und einem großen Teller belegter Brote zurück. Bob hatte inzwischen das Radio angemacht. Als Rechercheur der drei ??? war es eine seiner Aufgaben, immer auf dem neuesten Stand zu sein, und da er heute noch keine Nachrichten gehört oder in die Zeitung geschaut hatte, wollte er wenigstens die Mittagsmeldungen mitbekommen. Während er mit einem Ohr dem Sprecher lauschte, berichtete Peter Justus von seinem Telefonat mit Parker.

»Also, es geht alles klar. Parker war total begeistert von der Idee und meint, dass es überhaupt kein Problem wäre, mich für ein oder zwei Tage im Spielerlager unterzubringen. Er ruft nachher gleich beim Veranstalter an und sagt auch seinem Partner Trevis

Bescheid, dann könnte ich heute Nachmittag schon ein bisschen mittrainieren.«

»Na prima!«, freute sich Justus. »Dann halt mal Augen und Ohren offen. Vielleicht entdeckst –«

»Schtt!«, zischte Bob in diesem Moment. »Seid mal leise! Die bringen gerade was vom Krankenhaus!«

Justus und Peter verstummten augenblicklich und Bob drehte das Radio lauter. Gebannt schauten die drei Jungen auf den kleinen Lautsprecher, aus dem die sonore Stimme des Ansagers drang.

»... im Saint-Michael's-Krankenhaus heute Nacht eingebrochen«, sagte sie gerade. »Nach ersten Ermittlungen stiegen der oder die Täter durch ein Kellerfenster im Heizungsraum ein. Es herrscht nach Polizeiangaben allerdings äußerste Verwunderung darüber, dass es die Einbrecher keineswegs auf wertvolle Geräte oder Drogen abgesehen hatten. Sie brachen vielmehr die Tür zum Pathologieraum auf und entwendeten nach Auskunft der Krankenhausverwaltung als Einziges den zur Verbrennung bestimmten Kadaver eines schwarzen Skorpions.«

Im Reich der lebenden Socken

»Okay, Peter, das ist deiner! Achte auf die Annahme!« Trevis postierte sich vorne am Netz und beobachtete Peter.

Der Zweite Detektiv lief zwei Schritte zur Seite,

ging leicht in die Knie und beugte den Oberkörper etwas nach vorne. Er umschloss seine linke Faust mit der rechten Hand, überkreuzte beide Daumen und streckte die Arme aus. Alle Muskeln waren angespannt, und sein Atem ging kurz und stoßweise.

Peter fixierte den weiß-gelb-roten Lederball, der flach über das Netz gesaust kam, und machte noch einen winzigen Schritt nach vorne. Einen Sekundenbruchteil bevor der Ball mit einem dumpfen Knall gegen seine Unterarme prallte, drückte sich Peter aus den Knien etwas nach vorne und oben und beförderte ihn in einem hohen Bogen zu Trevis.

»Super Annahme!«, rief der Volleyballstar und nahm die Hände zum Pritschen über den Kopf. »Und jetzt auf die Zwei!«

Der Ball verließ Trevis' Hände und stieg parallel zum Netz in die Luft. Peter nahm Anlauf und drückte sich kurz vor dem Netz mit beiden Beinen vom Boden ab. Er stieg höher und höher, legte sich ins Hohlkreuz, zielte mit der linken Hand auf den wieder herabfallenden Ball und holte mit dem rechten Arm zum Schlag aus. Am höchsten Punkt seines Sprunges schnellte der rechte Arm wieder nach vorne, die Hand klappte über den Ball und mit einem satten Klatschen jagte er die Kugel diagonal am Block des ersten Gegners vorbei und unerreichbar in die hinterste Ecke des gegnerischen Feldes. Der zweite Gegenspieler hechtete zwar noch mit ausgestreckten Armen nach dem Ball, aber er hatte nicht den Hauch einer Chance und landete nur unsanft im Sand.

Trevis applaudierte und schürzte anerkennend die Lippen. »Ich muss schon sagen, Ken hat nicht übertrieben! Du hast wirklich einiges drauf!«

»Molto bene!« Der Italiener auf der anderen Seite des Netzes, der sich zusammen mit seinem Partner für dieses Trainingsspiel zur Verfügung gestellt hatte, hob anerkennend den Daumen.

»Incredibile!«, stöhnte sein Kollege, während er sich wieder aus dem Sand hochrappelte, weil er kaum glauben konnte, welch einen Schmetterschlag Peter da eben übers Netz gedroschen hatte.

Der Zweite Detektiv lächelte ein wenig verlegen. »Danke, aber wenn man den Ball so toll gestellt bekommt, muss man ihn einfach gut treffen.«

»Na, na, jetzt stapel mal nicht so tief!«, lachte Trevis und warf ihm den Ball zu, den einer der Italiener zu ihnen ins Feld gerollt hatte. »Hier, du bist mit dem Aufschlag dran.«

Peter fing die Lederkugel und ging mit ihr gut fünf Meter hinter die Grundlinie. Dann warf er den Ball nach vorne in die Luft, sprang hinterher und schlug ihn in einem Sprungaufschlag übers Netz. Doch als er wieder im Sand landete, stieß er plötzlich einen lauten Schrei aus.

»Peter! Was ist los?« Trevis kam sofort zu ihm gelaufen und auch die beiden Italiener schlüpften unter dem Netz hindurch und rannten zu ihm hin.

»Ich glaub, ich hab mir den Knöchel verstaucht!«, stöhnte Peter und rieb sich mit schmerzverzerrtem Gesicht sein rechtes Sprunggelenk.

»Oh Gott, hoffentlich hast du dir keine Bänder gerissen!« Trevis kniete sich in den Sand und besah Peters Knöchel. »Das passiert beim Volleyball leider ziemlich häufig.«

»Nein, nein«, jammerte Peter, »so schlimm ist es nicht. Ich bin schon ein paarmal umgeknickt und weiß, wie sich das anfühlt. Er ist sicher nur verstaucht.«

Der Zweite Detektiv hatte sich diese Notlüge schon lange vorher zurechtgelegt und sogar das Stöhnen und Jammern ein wenig geübt. Und tatsächlich schien seine schauspielerische Leistung so beeindruckend zu sein, dass weder Trevis noch die beiden Italiener den leisesten Zweifel an seiner Verletzung hegten. Mit besorgten Mienen standen sie um ihn herum und halfen ihm schließlich alle drei beim Aufstehen.

»Danke, es geht schon wieder«, sagte Peter und humpelte ein wenig im Kreis herum. »Aber für heute ist's, glaube ich, genug. Ich pack da jetzt ein bisschen Eis drauf und leg das Bein in der Umkleidekabine ein paar Minuten hoch, dann wird sich das schon wieder einrenken.« Er lächelte tapfer und zuckte mit den Schultern. »Tut mir leid, dass ich nicht weiterspielen kann.«

»Ach Quatsch!«, winkte Trevis ab. »Uns tut's leid, dass du nicht mehr *mit*spielen kannst. Komm, ich begleite dich noch rein!«

Mist!, schimpfte Peter innerlich, aber dass Trevis das sagen würde, hatte er schon befürchtet. »Nein, nein, das ist wirklich nicht nötig!«, beeilte er sich zu versichern. »Ich komme gut klar. Trainieren Sie ruhig weiter! Sie müssen ja morgen mit Ihrem Ersatzpartner wieder ran, und da möchte ich auf keinen Fall dafür verantwortlich sein, dass Sie nicht hundertprozentig vorbereitet sind.«

Trevis sah ihn skeptisch an. »Brauchst du auch wirklich keine Hilfe?«

»Sicher nicht!«, antwortete Peter bestimmt und lächelte Trevis kopfschüttelnd zu.

»Wie du meinst, dann bis morgen!«

»Bis morgen!«, verabschiedete sich Peter. »Und danke noch mal, dass ich mittrainieren durfte! War echt klasse!«

Trevis und die beiden Italiener winkten ihm freundschaftlich hinterher und Peter hinkte langsam in Richtung Kabine davon. Als er an der Eingangstür angekommen war, drehte er sich noch einmal um, um den drei Männern ein Zeichen zu geben, dass wirklich alles in Ordnung war. Aber die Sportler waren schon wieder eifrig mit ihrem Training zugange und sahen nicht mehr zu ihm hin.

»Umso besser!«, sagte sich Peter und schüttelte sein rechtes Bein aus, das vom angestrengten Humpeln ganz verkrampft war. Dann betrat er mit seinen gewohnt federnden Schritten den Flur zu den Umkleidekabinen.

Nach ein paar Metern blieb er jedoch wieder stehen und rief erst einmal laut: »Hallo?«

Es tat sich nichts. Niemand antwortete.

»Halloho?«, versuchte es Peter noch einmal.

Wieder blieb alles ruhig. Er war offenbar wirklich der Einzige hier drin.

»Na, dann mal los!«, spornte er sich an. »Mal sehen, ob wir hier irgendetwas Interessantes finden!«

Der Zweite Detektiv inspizierte zunächst die Waschräume, die sich gleich am Anfang zu beiden Seiten des Ganges befanden. Er glaubte zwar nicht, dass sich hier irgendetwas Aufschlussreiches fand, aber er hatte sich vorgenommen, systematisch vorzugehen und keinen Raum auszulassen.

Vorsichtig betrat er den ersten Raum zu seiner Rechten. Er blickte auf eine lange Reihe von Waschbecken auf der linken Seite, über denen eine durchgehende Spiegelfront hing. Hier und da lag eine Seife oder eine Bürste auf einem der Becken, aber ansonsten fiel Peter nichts Ungewöhnliches auf. Auch in der weiß gekachelten Duschabteilung, die sich über die ganze rechte Wand hinzog, war alles, wie es sein sollte.

»Wie bei uns zu Hause«, befand Peter grinsend, als er die leeren Shampooflaschen sah, die um den Abfluss herumdümpelten, und einen Blick auf eine der Duschen warf, die stetig vor sich hin tropfte.

Er ging zurück zur Tür, streckte den Kopf hinaus und warf einen kurzen Blick nach rechts und nach links.

»Keiner da!«, flüsterte er und huschte über den Gang in den zweiten Waschraum. Er war kaum drin, als es ihm erst einmal die Sprache verschlug.

»Na, was haben wir denn da?« Peter ging schnurstracks auf das dritte Waschbecken zu. Wie im vorigen Raum befanden sich an einer Wand die Waschbecken und an der anderen die Duschen. Doch diesmal ignorierte Peter alles andere und interessierte sich nur für den kleinen, unscheinbaren Gegenstand, der auf der Ablage über dem dritten Waschbecken stand. Er bemerkte nicht einmal, dass es hier drin viel wärmer war als im anderen Waschraum und dass der riesige Spiegel leicht beschlagen war.

»Noch so ein Papiertierchen!« Peter nahm den winzigen, papiernen Frosch in die Hand und bestaunte ihn von allen Seiten. Plötzlich stutzte er. »Aber das würde ja bedeuten« – er sah den Frosch ernst an und sagte dann so, als könnte er es selbst kaum glauben: »... dass Robinson hier drin war!« Der Zweite Detektiv blies die Backen auf und kratzte sich verwirrt am Kopf. »Na ja«, sagte er sich schließlich und zuckte mit den Schultern, »vielleicht wissen Just oder Bob darauf eine Antwort.«

Er steckte das Figürchen in die Tasche seiner Sporthose und verließ den Waschraum. Auf dem Flur lauschte er für ein paar Sekunden mit angehaltenem Atem, ob er etwas Verdächtiges hörte, aber anscheinend war er noch immer alleine.

Okay, dann noch die Umkleidekabinen, dachte sich Peter.

Er schlich den Gang entlang, vorbei am Geräteraum, einer kleinen Küche und dem Schiedsrichterzimmer, passierte die beiden Umkleidekämmerchen für die Frauen und blieb dann vor der hintersten Tür rechts stehen. Dahinter befand sich der große Raum, in dem sich die Männer umzogen.

Der gewohnt muffige Geruch schlug ihm entgegen, als er die Tür öffnete. Peter kannte diesen Mief aus Schweiß, alten Socken und Deodorants recht gut, schließlich trieb er sich als Sportler oft in solchen Kabinen herum. Aber gewöhnt hatte er sich an diesen Gestank deswegen noch lange nicht.

»Augen zu und durch!«, machte er sich Mut. Denn er wusste: Wenn er gleich einen Blick in die diversen Sporttaschen warf, würde er sich wohl oder übel dem einen oder anderen verschwitzten Trikot oder einer ranzigen Socke mehr nähern müssen, als ihm lieb war.

Peter wusste zwar nicht genau, wonach er suchen sollte, aber er hoffte einfach, dass er auf irgendetwas stieß, was sich als aufschlussreich erweisen würde. Er beschloss, mit einem roten Trainingssack zu beginnen, der, nachlässig hingeworfen, auf einer der niedrigen Bänke zu seiner Linken lag. Peter zog ihn zu sich her und weitete die Öffnung mit spitzen Fingern.

»Igitt, die lebt ja!«, schauderte er, als er eine leicht feuchte, bestialisch stinkende Socke aus dem Weg räumte, um besser in den Sack blicken zu können.

Doch in diesem Sack und auch in den drei nächsten Sporttaschen sowie in den unversperrten Spinden auf dieser Seite der Kabine fand sich nichts, was Peter irgendwie in Verbindung mit ihrem Fall hätte bringen können. Außer den normalen Trainingsutensilien und

Kleidungsstücken hatte keiner der Sportler etwas dabei, was ihn verdächtig gemacht hätte.

»Die sollten alle verpflichtet werden, ihre Haustiere zum Training mitzubringen!«, motzte Peter leise. »Dann wüssten wir sehr schnell, ob einer eine Vorliebe für Skorpione oder Schlangen hat.«

Er musste selbst lächeln bei der Vorstellung, dass es in dieser Kabine von Hunden, Katzen, Vögeln und sonstigem Getier wimmelte, und ging auf die andere Seite des Raumes hinüber. Doch plötzlich blieb er stehen. Irgendetwas war ihm ins Auge gefallen, etwas, was nicht hierher passte.

Peter lief noch einmal ein paar Schritte rückwärts und versuchte, dorthin zu schauen, wohin er eben geblickt hatte. Und auf einmal sah er es.

»Noch so 'n Kästchen!«, rief er erstaunt und kniete sich auf den Boden. »Was macht das denn hier?«

Unter der Bank, die die ganze Mitte des Raumes durchzog, stand eine jener schwarzen Plastikboxen, die sie bereits in der Futterkammer des Labors gesehen hatten. Aber diese Box unterschied sich in einem Punkt von denjenigen, die Peter schon kannte.

»Die ist ja kaputt!«, sagte er überrascht und befühlte das untertellergroße Loch, das das Kästchen auf einer Seite aufwies. »Ganz glatte Ränder. Hm, seltsam. Aber irgendwie sind die auch … klebrig.« Peter kroch noch weiter unter die Bank, hob die Box an seine Nase und roch an dem merkwürdig klebrigen Rand des Loches. »Wachs! Riecht nach Wachs. Wieso riecht denn das nach –«

Urplötzlich hallte eine unfreundliche Stimme durch die gerade noch verwaiste Kabine. »Und? Haben wir gefunden, was wir gesucht haben?«

Peter schoss hoch. Aber im nächsten Moment durchzuckte ein jäher Schmerz seinen Kopf und dann wurde es schwarz um ihn.

Ungebetener Besuch

Justus verkniff sich das Lachen, während Bob Peter ungeniert angrinste. »Ich hoffe, die Bank ist halbwegs heil geblieben. In unserer Kasse herrscht nämlich wieder mal gähnende Leere. Wir können es uns nicht leisten, eine demolierte Holzbank zu ersetzen!«

»Ihr seid ja so was von mitfühlend! Wirklich! Wahre Freunde!« Peter drückte sich den Eisbeutel noch fester auf die Beule und verzog das Gesicht, als einer der Eiswürfel über die schmerzhafte Stelle rieb. »Mann, ich dachte im ersten Moment, da steht Deep Voice hinter mir und bläst mir gleich das Licht aus! Da hättet ihr euch natürlich erst in aller Ruhe umgesehen, wo die Sitzbank anfängt und wo sie aufhört, hättet eure wertvollen Rüben gemächlich darunter hervorgehoben und wärt dann gemütlich aufgestanden, nicht wahr?«

»So ungefähr«, flachste Bob.

»So siehst du aus!«

Justus winkte beschwichtigend ab, blickte aber

Peter dabei immer noch nicht an. Dieses erbarmungswürdig verzerrte Gesicht und der gigantische Eisbeutel auf dem Kopf sahen einfach zu komisch aus. »Wer war es denn jetzt wirklich, Zweiter?«, fragte er. »Du sagtest vorher nur etwas von einem *Typen*, der plötzlich hinter dir gestanden hätte.«

»Der Sportwart«, grunzte der Zweite Detektiv. »Er hat vorher die Duschen sauber gemacht und mich im Waschraum bemerkt, als er seine Besen und Eimer wegräumte. Dann ist er mir gefolgt, weil er glaubte, dass ich die Spieler beklauen wollte.«

»Eine löbliche Einstellung«, befand Bob und versuchte, dabei so ernst wie möglich zu wirken, was ihm aber nur ansatzweise gelang. »Der Mann nimmt seinen Job ernst, das kannst du ihm nicht verdenken.«

»Dieser Mann hätte mich fast zu Tode erschreckt!«, fuhr Peter auf und zuckte gleich wieder zusammen, weil die heftige Bewegung den Schmerz in seinem Kopf erneut hatte aufflammen lassen. »Aber wahrscheinlich sterbe ich sowieso bald«, jammerte er. »An inneren Kopfblutungen, Aderriss, Nervenquetschung, Schädelspaltung –«

»Hirntrauma nicht zu vergessen!«, ergänzte Justus und nickte ernst.

»Das wohl nicht«, widersprach jedoch Bob.

Justus sah ihn überrascht an. »Wieso denn nicht? Bei so einem Schlag kann man nie wissen.«

Bob winkte gelassen ab und sagte: »Wo nichts ist, da kein Trauma!«

Justus lachte laut auf, während Peter erst einmal

die Luft wegblieb. Aber bevor er noch etwas sagen konnte, war Bob schon bei ihm. »Gib her, du arme Wurst!«, forderte er ihn augenzwinkernd auf und griff nach dem Eisbeutel. »Ich mach dir neue Eiswürfel rein.«

Der dritte Detektiv ging zum Kühlschrank, hantierte dort eine Weile herum und kam schließlich mit einem prall gefüllten Beutel zurück. »Hier!«, sagte er und übergab ihn Peter, der ihn mit einem leisen Grummeln entgegennahm. So ganz hatte er seinem Freund noch nicht verziehen.

Gerade wollte sich Bob wieder hinsetzen, als ihm etwas Merkwürdiges auffiel. »Sagt mal, hat einer von euch heute Vormittag die Dachluke aufgemacht und dann nicht wieder geschlossen, als wir gegangen sind?« Bob näherte sich dem kleinen, aufklappbaren Milchglasfenster, das in die Decke des Wohnwagens eingepasst war. Es stand gut eine Handbreit offen.

»Nicht dass ich wüsste«, grummelte Peter.

»Nein.« Justus schüttelte den Kopf.

»Hm, seltsam«, meinte Bob, »dann haben wir's wahrscheinlich über Nacht aufgelassen. Gott sei Dank hat es nicht geregnet, sonst stünde hier jetzt alles unter Wasser.« Mit einem leisen Klicken zog er das Fenster in die Schnappvorrichtung und setzte sich dann wieder auf seinen Stuhl.

»Okay, Kollegen!« Justus klatschte aufmunternd in die Hände. »An die Arbeit! Also Peter, ich fasse noch einmal zusammen: Du hast im Waschraum diesen Origami-Frosch entdeckt« – der Erste Detektiv deutete auf das kleine Kunstwerk, das Peter während seiner vorherigen Erläuterungen aus seiner Hosentasche gezogen und auf den Schreibtisch gestellt hatte – »und unter jener Bank in der Männerumkleidekabine eine Box, wie wir sie schon im Labor gesehen haben und die, wie ich vermute, dem Transport von kleineren Tieren wie Spinnen oder auch Schlangen dient. Diese hatte jedoch auf einer Seite ein großes Loch, dessen Ränder ganz glatt waren und an denen deiner Meinung nach Wachs klebte.«

»Das war Wachs, ganz bestimmt«, versicherte Peter, »es roch so und es fühlte sich auch so an.«

Justus überlegte einen Moment und fragte dann: »Konntest du vielleicht auch erkennen, welche Farbe das Wachs hatte?«

Peter schürzte die Lippen und versuchte, sich die Sekunden vor seinem schmerzhaften Blackout ins Gedächtnis zu rufen. »Ich würde sagen, dass es schwarz war. Jedenfalls ist mir nicht aufgefallen, dass sich die verklebten Ränder farblich vom Rest der Box unterschieden hätten, und die Box war schwarz.«

»Schwarz also.« Justus begann, an seiner Unterlippe zu kneten. »Das ist interessant. Offenbar ist schwarzes Wachs im Moment sehr beliebt – für welche Zwecke auch immer.«

»Du denkst an den Klumpen, der an deiner Sporttasche hängen geblieben ist?«, erinnerte sich Bob.

»So ist es«, bestätigte Justus nachdenklich, »so ist es.«

Peter ging zum Kühlschrank und nahm einen

Schluck aus einer Colaflasche. Dann ließ er sich wieder in den Sessel fallen. »Und was meint ihr zu der Sache mit dem Frosch?« Er sah seine Freunde unschlüssig an. »Ich hab keine Idee, wie der dahin gekommen sein könnte. Ich meine, Robinson liegt seit Tagen im Koma, und dass er dieses Teil schon vorher auf die Ablage gestellt hat und es dann die ganze Zeit da herumgestanden ist, kann ich mir irgendwie nicht vorstellen. Die meisten, die so ein Figürchen entdecken, würden es doch einstecken und mitnehmen – für ihre Kinder oder so –, und wenn das nicht passiert, dann hätte es mit Sicherheit der Hausmeister oder der Sportwart abgeräumt. Außerdem war das Papier knacktrocken und das in einem dampfigen Waschraum, wo sich täglich Dutzende Spieler duschen!«

»Es ist wirklich äußerst seltsam«, sagte Justus. »Denn deine Schlussfolgerungen, Zweiter, sind durchaus logisch. Dieser Frosch *konnte* nicht seit zwei Tagen auf diesem Waschbecken gelegen haben und doch muss Robinson an Ort und Stelle gewesen sein. Die Origami-Figur und die beschädigte Transportbox weisen eindeutig darauf hin.«

»Aber wie soll das gehen? Und *wenn* es ging, warum war Robinson im Spielerlager?« Bob zuckte ratlos die Schultern, stand auf und bewegte sich nun ebenfalls zum Kühlschrank. »Irgendwie wird das alles immer komplizierter«, sagte er und nahm die Colaflasche aus dem Türregal. »Und dann noch die Sache mit dem geklauten Skorpion! Wer mopst denn ein totes und dazu ziemlich zermatschtes Tier aus dem Krankenhaus? Und warum? Ich blicke überhaupt nicht mehr durch!«

»Spezialgelagerter Sonderfall, sage ich nur, spezialgelagerter Sonderfall!« Peter nickte gewichtig und Bob prostete ihm beipflichtend zu. Dann nahm der dritte Detektiv einen kräftigen Schluck aus der Flasche.

Nachdem er sie wieder abgesetzt hatte, bedeutete ihm Justus, dass er sie ihm auch einmal geben solle. »Im Moment«, sagte er, während er die Flasche entgegennahm, »ist es wirklich äußerst rätselhaft, wie all diese merkwürdigen Vorfälle und Tatsachen zusammenhängen sollen. Und unter Umständen kommt erst dann Licht in die Sache, wenn Robinson wieder aus seinem Koma erwacht und uns erklärt, wie alles zusammenpasst.«

»*Wenn* er wieder aufwacht!«, gab Peter besorgt zu bedenken.

Justus trank erst ein wenig und antwortete dann: »Richtig, *wenn* er wieder aufwacht. Und auch die Dinge, die Bob und ich inzwischen herausgefunden haben, bringen kaum mehr Licht in die Angelegenheit.«

»Ihr habt auch was in Erfahrung gebracht?« Peter sah Justus aufmerksam an.

»Ja, nämlich zum einen, was dieses CPT bedeutet, das überall in Robinsons Organizer auftaucht. Ich hab das Kürzel einfach mal durch die Suchmaschine im Internet gejagt und dabei einige Hinweise bekommen. CPT ist zum Beispiel das Kürzel für einen speziellen Test zur Erdbebenerforschung. Und es ist auch die Abkürzung für die britische Passagier-Transport-Vereinigung oder für das europäische Komitee zur Verhinderung von Folter. Aber das Wahrscheinlichste ist, dass CPT für Cape Town, also Kapstadt, steht.«

»Wieso ist das das Wahrscheinlichste?«, fragte Peter nach.

»Weil wir mit Miss Bancrofft gesprochen haben«, antwortete Bob, »und die hat uns bestätigt, dass Dr. Robinson recht oft da runtergeflogen ist – und zwar genau an den Tagen, an denen jenes CPT in seinem Kalender auftaucht!«

»Und in ein paar Tagen wollte er wieder dahin«, ergänzte Justus. »Das CPT, das für den gestrigen Tag vermerkt war, sollte ihn wohl daran erinnern, dass er packen oder das Ticket abholen musste, oder so.«

»Ah ja, Kapstadt also«, sagte Peter nachdenklich.

»Und auch die PTs, PGs und PCs konnten wir entschlüsseln«, fuhr Justus fort. »Als wir uns mit Miss Bancrofft unterhielten, habe ich auf ihrem Schreibtisch eine lange Liste entdeckt, auf der diese Kürzel neben vielen anderen zu finden waren. Es handelte sich um eine Art Tierbestandsliste des Labors. Und unsere drei Abkürzungen stehen alle für verschiedene Skorpionarten.«

»PT für unseren« – Bob warf einen kurzen Blick auf einen Zettel, auf den sie die Namen der Skorpione geschrieben hatten – »Parabuthus transvaalicus, der

Parker gestochen hat, PG für einen gewissen Parabuthus granulatus und PC für Parabuthus capensis.«

»Und jetzt rate mal, wo all diese netten Tierchen beheimatet sind!«, forderte Justus Peter mit einem vielsagenden Lächeln auf.

Der Zweite Detektiv überlegte einen Augenblick und sagte dann unsicher: »Südafrika?«

Justus schnippte mit den Fingern. »Genau! Südafrika, das sonnige Südafrika, dessen Parlament in der wunderschönen Hauptstadt der westlichen Kapprovinz seinen Sitz hat, und die heißt … na …?«

»Kapstadt!«, sagten Peter und Bob im Chor.

»Und die Schlange, die Robinson gebissen hat, kam auch aus Südafrika!« Der Erste Detektiv kniff die Lippen zusammen und tippte mit dem Zeigefinger energisch auf den Schreibtisch. »Alle Fäden laufen ganz offensichtlich dort unten zusammen, so viel steht fest!«

»Oder gehen von dort aus!«, wandte Bob ein. »Wo genau der Anfang dieses verwickelten Falls liegt, wissen wir ja noch gar nicht.«

»Richtig«, gab Justus zu, »aber dass die Lösung unseres Rätsels in Südafrika liegt, scheint mir nach all diesen Hinweisen mehr als wahrscheinlich zu sein. Das bedeutet, dass –« Unvermittelt hielt der Erste Detektiv inne. Mit angehaltenem Atem lauschte er in die Stille des Wohnwagens. »Habt ihr das gehört?«

»Was gehört?«

»Da hat was geraschelt.«

»Geraschelt? Ich hab nichts gehört, du, Bob?«

Bob schüttelte den Kopf.

»Ich dachte, da hätte was geraschelt«, sagte Justus verwirrt und blickte sich im Wohnwagen um.

»Ach was, das waren sicher nur deine unzähligen Hirnwindungen, die sich eben mal neu gefaltet haben«, flachste Peter. Dann rief er so enthusiastisch, wie es seine schmerzende Beule zuließ: »Also! Unsere bisherigen Ermittlungen laufen alle auf eines hinaus: auf nach Kapstadt! Ich würde sagen, ihr lasst den Firmenjet der drei ??? schon mal auftanken und ich miete uns wie immer im Four Seasons in die Präsidentensuite ein. Ich habe noch genau« – er legte den Eisbeutel kurz zur Seite, holte seinen Geldbeutel aus der Hosentasche und warf einen Blick hinein – »drei Dollar und … sechsundvierzig, nein, siebenundvierzig Cent! Das müsste allemal reichen, oder?«

Justus grinste amüsiert. »Wir müssen gar nicht nach Kapstadt. Noch nicht jedenfalls! Zunächst einmal sollten wir hier allen Spuren nachgehen.«

»Keine Präsidentensuite?« Peter zog ein bekümmertes Gesicht.

»Und unser Jet bleibt diesmal auch in der Garage.« Justus zwinkerte Peter teilnahmsvoll zu. »Aber ich schlage Folgendes vor: Bob, da sich Peter im Spielerlager nicht mehr blicken lassen kann, fährst du morgen noch einmal dorthin und versuchst herauszufinden, ob Robinson wirklich schon mal da draußen war. Vielleicht erinnert sich jemand an ihn. Lass dir irgendetwas einfallen, gib dich als sein Assistent aus oder als Schülerzeitungsreporter, etwas in der Art.

Und wir beide, Peter, statten Mrs Robinson einen Besuch ab.«

»Woher weißt du, dass Robinson verheiratet ist?«, fragte der Zweite Detektiv.

»Von Miss Bancrofft, die mir auch gleich die Adresse gegeben hat«, antwortete Justus. »Unter Umständen kann uns Robinsons Frau sagen, was ihr Mann so oft in Südafrika gemacht hat oder warum er im Spielerlager war. Und vielleicht sogar, wer M. M. ist.«

»Okay, ich kann aber erst gegen Mittag da rausfahren«, erwiderte Bob. »Vorher muss ich mit meiner Mutter zum Einkaufen.«

»In Ordnung. Peter, wir fahren um ein Uhr zu Mrs Robinson und dann treffen wir uns alle, sagen wir, um drei Uhr nachmittags hier in der Zentrale!«

»Das müsste klargehen«, sagte Bob.

»Aye, aye!« Peter legte die Hand an die Schläfe und salutierte zackig. »Aber noch was anderes. Habt ihr eigentlich auch herausbekommen, was diese ganzen Zahlen heißen sollten, die wir in Robinsons Kalender neben dem CPT und den Abkürzungen für die Skorpione gefunden haben?«

»Nein, da tappen wir immer noch im Dunkeln«, antwortete Justus. »Ich könnte mir höchstens –« Erneut brach er mitten im Satz ab, zog die Augenbrauen zusammen und rief dann nervös: »Da! Da war's wieder! Es hat wieder geraschelt! Ganz sicher! Ich bin doch nicht senil!«

»Justus!«

»Nein! Wenn ich's euch doch sage! Da hat was geraschelt! Da unter dem Papierhaufen!« Justus deutete aufgeregt auf einen Berg von zusammengeknüllten Zetteln und Blättern, die er am Morgen aus ihren diversen Ordnern aussortiert hatte, um sie wegzuwerfen.

»Da drunter?«

»Ja!«

Peter lächelte. »Würde mich nicht wundern, wenn der ganze Wust hier drin irgendwann mal zum Leben erwacht.«

»Ich schwör's euch!«, beharrte Justus. »Da hat etwas –«

Ein deutliches Knistern drang unter dem Blätterhaufen hervor und gleichzeitig bewegte sich eine der zerknitterten Papierkugeln und rollte ein Stück bergab über ein paar andere hinweg.

Die drei Jungen erstarrten.

»Seht ihr?«, hauchte Justus. »Da ist was!«

»'ne ... Maus vielleicht? Oder 'ne Ratte?« Peter blickte verschreckt zu Boden.

Bob, der dem Haufen am nächsten stand, schob vorsichtig seine Fußspitze nach vorne. Dann kickte er mit einer schnellen Bewegung genau dorthin, wo sich der Berg gerade bewegt hatte, und zog danach seinen Fuß sofort wieder zurück.

Ein paar Papierknäuel purzelten durcheinander und verteilten sich über den Boden der Zentrale. Erst war nichts Besonderes zu sehen, aber plötzlich rollte noch eine Blätterkugel weg.

Bob sprang entsetzt zur Seite, Peter entfuhr ein

leiser Schrei und auch Justus zuckte heftig zusammen. Denn dort aus dem Blätterteppich ragte der steil aufgerichtete, vibrierende Schwanz eines schwarzen Skorpions in die Höhe!

Die Lage spitzt sich zu

Für ein paar Sekunden standen die drei ??? da wie versteinert. Fassungslos starrten sie den Skorpion an. Doch als das Gifttier plötzlich unter den Blättern hervorzukriechen begann, brach die pure Hektik aus. Bob sprang auf einen der Stühle, Justus wich, so weit es ging, zur Wand zurück, und Peter machte einen Riesensatz zur Tür hin.

»Wie kommt das Vieh hier rein?«, krächzte Bob.

»Keine Ahnung!«, keuchte Justus. Er deutete zur Luke hinauf. »Vielleicht durch die –«

»Ich mach ihn platt!«, fuhr Peter in diesem Moment auf. Er schnappte sich den nächstbesten Ordner und wollte ihn gerade auf den Skorpion schleudern, als ihm Justus in den Arm fiel.

»Nicht!«, schrie er.

»Lass mich!«

»Nein! Nicht töten! Nicht töten!«

Justus wollte Peter den Ordner entreißen, doch der ließ nicht los und zerrte seinerseits daran.

»Wieso nicht?«

»Weil wir den Skorpion lebend brauchen. Wir müssen ihn Dr. Sotherby zeigen, um zu erfahren, ob auch er aus Südafrika kommt!«

»Das kann man auch am Matsch erkennen!« Peter zog den Ordner immer weiter zu sich her. »Mann, Just! Das Ding greift uns an!«

»Peter! Nicht!«

»Kollegen!«, rief auf einmal Bob dazwischen. »Da, die Schachtel!« Er zeigte auf einen Karton voller Zeitschriften, der in Griffweite von Justus in einem Regal stand. »Leert sie aus und fangt das Vieh damit!«

»Ich bin doch nicht besch–«, erwiderte Peter, hielt aber plötzlich inne. Denn zu seiner Verwunderung befolgte Justus den Rat des dritten Detektivs augenblicklich. Der Erste Detektiv ergriff die Schachtel, drehte sie um, sodass die Zeitschriften auf den Boden flatterten, und stülpte sie dann mit einer flinken Bewegung über den Skorpion.

»Super Idee, Bob!«, ächzte Justus. Schnell suchte er sich ein Stück Pappe, schob es zwischen Schachtel und Boden und schon saß der Angreifer in der Falle.

»Geschafft!« Justus wischte sich den Schweiß von der Stirn, während Bob von seinem Stuhl herabstieg und ihm anerkennend zunickte. Peter allerdings tippte sich nur vielsagend an die Schläfe.

»Eins dürfte jetzt ja wohl sonnenklar sein«, sagte Bob. »Wir sind eindeutig auf der richtigen Fährte und offenbar schon näher an der Lösung dran, als wir ahnen! Denn wenn das keine deutliche Warnung war, uns aus der Sache rauszuhalten, dann weiß ich auch nicht!«

»Fragt sich nur«, gab Justus zu bedenken, »aus welcher Sache wir uns raushalten sollen!«

Als Bob am nächsten Mittag seinen Käfer auf dem Strandparkplatz abstellte, der zum Spielerlager gehörte, ging ihm immer noch Justus' Satz durch den Kopf. Ihr Erster hatte völlig recht. Noch hatten sie keine Ahnung, worum es in diesem Fall eigentlich ging. Sie tappten völlig im Dunkeln.

Bob musste allerdings lächeln, als er sich an die anschließende Diskussion erinnerte. Justus hatte natürlich beschlossen, dass sie trotz der Warnung weitermachten, zumal sie sich auch in früheren Fällen von Drohungen nicht hatten einschüchtern lassen. Doch Peter hatte das, wie so oft in solchen Situationen, etwas anders gesehen.

»Sollen wir vielleicht warten, bis sich eines Morgens eine Schlange um unseren Hals ringelt, wenn wir aufwachen?«, hatte er gefragt und dann mit sarkastischem Unterton in der Stimme vorgeschlagen: »Wir können ja im Krankenhaus schon mal ein Dreierzimmer auf der Entgiftungsstation reservieren!«

Aber wie so oft war es Justus auch diesmal gelungen, ihren Zweiten davon zu überzeugen, dass sie es ihrer Detektivehre schuldig seien, den Dingen weiter auf den Grund zu gehen.

Doch eigentlich war auch Bob ziemlich mulmig zumute, wenn er sich ausmalte, was für Überraschungen in diesem Fall vielleicht noch auf sie warteten. Und es sollte auch gar nicht lange dauern, bis er erfuhr, wie sehr diese Befürchtungen gerade auf ihn zutrafen!

Um herauszufinden, ob Robinson schon einmal im Spielerlager war, hatte Bob sich vorgenommen, sich für dessen Assistenten auszugeben, der überprüfen sollte, welche Spieler sein Chef im Zuge ihrer neuen Studie schon befragt hatte. Und wenn jemand wissen wollte, was für eine Studie das war, dann würde er sagen, dass es darin um die Leistungssteigerung von Spitzensportlern durch Skorpionblut ging. Das war zwar völliger Blödsinn, hörte sich aber gut an, wie Bob fand.

Doch er musste gar nicht erst ins Spielerlager oder in die Umkleiden gehen, um einen wichtigen Hinweis zu finden. Er musste nicht einmal mit einem der Sportler, dem Hausmeister oder irgendjemand anderem sprechen. Denn schon auf dem Weg über den Parkplatz entdeckte er etwas, was ihn wie vom Donner gerührt stehen bleiben ließ.

»Mein Gott!«, entfuhr es Bob. Durch die getönte Windschutzscheibe eines blauen BMWs starrte er auf den Gegenstand, der vom Rückspiegel an einer Schnur herabbaumelte. Es war eine niedliche, kleine Spinne – kunstvoll gefaltet aus Papier!

Wem gehört dieser Wagen?, ging es Bob durch den Kopf. *Wem gehört dieser Wagen?*

Er lugte durch die beiden Seitenfenster ins Innere des BMWs. Es befand sich allerhand Krimskrams in dem noblen Auto, leere Bonbontüten, Zigarettenschachteln, eine rote Windjacke, zwei volle Dosen Cola. Aber was die Aufmerksamkeit des dritten Detektivs besonders fesselte, war ein Briefumschlag, der mit der Rückseite nach oben auf dem Boden des Fonds lag.

»So ein Mist!«, murmelte Bob. »Kann der nicht andersherum liegen! Ich muss wissen, was da draufsteht!« Voller Unmut und ohne sich dessen so richtig bewusst zu sein, packte er den Türgriff und rüttelte an ihm – und plötzlich sprang die Tür auf!

Die ist ja offen!, dachte Bob verblüfft und blickte sich hektisch um. Hatte ihn jemand beobachtet?

Aber der Parkplatz war wie ausgestorben und auch von der Halle her war nichts zu hören. Ohne lange darüber nachzudenken, öffnete Bob die Wagentür ein Stück weit, schlüpfte auf den Rücksitz und zog sie hinter sich wieder zu. Dann ließ er sich auf den Boden gleiten.

»Dann wollen wir doch mal sehen, an wen du adressiert... Bob hielt irritiert inne. »Igitt! Wo pappt der denn fest?«

Der Umschlag ließ sich nur schwer vom Teppich lösen, der den hinteren Fußraum des BMWs auskleidete, weil er hartnäckig an ein paar alten Bonbons festklebte, die Papier und Stoff miteinander verbanden. Bob brauchte fast eine ganze Minute, um den Brief in mehreren Fetzen von den zerlaufenen Bonbonresten zu lösen.

»Wer schmeißt denn seine angeschmodderten Bonbons einfach auf den Boden!«, regte er sich auf, während er den Teil suchte, auf dem die Adresse stand. »Ist ja widerlich!« Schließlich hatte er den Schnipsel gefunden. Im Halbdunkel des Fonds führte er das Papier nahe an seine Augen, um die Schrift entziffern zu können.

»Was steht da? An Mr M…ickey M–«

Ein Schatten fiel ins Wageninnere. Wie aus dem Nichts war er aufgetaucht und legte sich wie eine dunkle Wolke über die Vordersitze und die spiegelnden Armaturen. Bob drückte sich flach auf den Boden, dann machte jemand die Fahrertür auf.

»Hier ist es! 27 Westlane! Das ist die Adresse, die mir Miss Bancrofft genannt hat.« Justus zeigte auf ein mit Hibiskusranken umwuchertes, schmiedeeisernes Einfahrtstor, durch das man einen prächtig angelegten Garten erkennen konnte. An der Mauer rechts neben dem Tor hatten die Besitzer die Zahl 27 aus kleinen bunten Mosaiksteinchen anbringen lassen.

»Sieht ja richtig schnuckelig aus«, fand Peter und stellte den Motor seines MGs ab. »Dann hoffen wir mal, dass uns Mrs Robinson weiterhelfen kann.«

Die beiden Jungen stiegen aus und gingen zu dem Gartentor. Unterhalb der Mosaikziffer fand Justus einen runden Messingknopf, über dem ein Schildchen mit dem Namen *Robinson* angebracht war. Er drückte den Knopf und wartete.

»Hm«, machte der Erste Detektiv nach einer Weile, weil sich nichts rührte. Noch einmal betätigte er die Klingel.

»Wir hätten doch vorher anrufen sollen«, sagte Peter, als sich nach weiteren dreißig Sekunden immer noch nichts tat. Er presste seinen Finger ein drittes Mal auf den Klingelknopf und hielt ihn diesmal auch eine ganze Zeit lang gedrückt.

»Damit sie uns gleich am Telefon abwimmelt, wenn sie was von *Detektiven* hört?«, entgegnete Justus. »Nein! Ich habe eigentlich darauf gesetzt, dass sie uns eher reinlässt, wenn wir sozusagen schon einmal da sind und uns als nette Jungs von nebenan entpuppen, die mit ihr plaudern wollen.«

»Ich bin also ein netter Junge von nebenan?« Peter zog abschätzig die Augenbrauen nach oben und gab die Klingel frei. »Hört sich ja schrecklich an. So nach Sonntagsanzug und Pomade im Haar.«

»Stimmt, du besitzt ja gar keinen Anzug«, entgegnete Justus und musterte Peter von oben bis unten. »Aber in meiner Begleitung hätte sie dich wahrscheinlich auch so, wie du bist, ins Haus gelassen.«

»Bitte? Willst du damit vielleicht sagen, dass ich rumlaufe wie der letzte Penner?«

Justus lachte überschwänglich. »Komm, Penner, äh, Peter!« Er klopfte seinem Freund kameradschaftlich auf den Rücken. »Lass uns mal zum Haus gehen!«

Die beiden Jungen öffneten das Tor und liefen über einen gewundenen Kiesweg Richtung Haus. Der Garten war in der Tat ein richtiges Schmuckstück. Überall grünte und blühte es, und dabei wirkte alles so harmonisch aufeinander abgestimmt, dass sich Justus und Peter kaum sattsehen konnten an der farbigen Pracht.

Aber es wirkte auch alles wie ausgestorben. Nichts

rührte sich, nur hin und wieder flatterte ein Vogel aufgeschreckt durchs Gebüsch.

Doch plötzlich huschte eine weiße Gestalt um die Ecke!

»Was war das?« Peter packte Justus grob am Ärmel und riss ihn zurück.

»Vielleicht ein … Geist?«, riet Justus. »So einer von der Sorte, die vor Fenstern und Türen hängen und sich *Gardinen* nennen?«

»Hä?«

»Da steht eine Tür offen, durch die der Wind pfeift.«

Justus hatte recht. Auf der rechten Seite des Hauses befand sich allem Anschein nach eine geöffnete Terrassentür, deren weiße Stores von leichten Windzügen immer wieder nach außen geweht wurden.

Peter lächelte verlegen. »Tatsächlich, Vorhänge, nur Vorhänge. Kommen aber wirklich gut, so als Geistererscheinungen, findest du nicht?«

»Doch, sicher. Absolut realistisch.« Justus nickte seinem Freund übertrieben ernst zu. »Aber dennoch werden wir jetzt todesmutig an die Tür dieses Geisterhauses klopfen, um herauszufinden, ob auch Lebende, insbesondere Ärztefrauen, diese Gruselhütte bewohnen!« Er zeigte auf den schweren Klopfer aus Eisen, der an der Haustür hing, und hob ihn an.

»Ist ja gut!«, meckerte Peter. »Ich bin eben sensibel und habe eine ausgeprägte Fantasie. Muss ja nicht jeder so ein roher Klotz sein wie du!«

Justus ließ den Klopfer zweimal auf das Holz sausen.

Nichts rührte sich im Haus. Justus betätigte den Eisenbügel noch einmal, und schließlich riefen sie sogar beide nach Mrs Robinson, aber es blieb dabei: Niemand antwortete ihnen.

»Dabei steht diese Tür offen«, wunderte sich Peter. »Die macht man doch normalerweise zu, wenn man das Haus verlässt.«

Justus sah seinen Freund stirnrunzelnd an. »Es sei denn«, sagte er leise, ließ aber den Satz unvollendet und ging stattdessen um die Ecke des Hauses.

»Just! Wo willst du hin?« Peter ging zögerlich hinterher.

»Ich will mal einen Blick durch die offene Tür werfen«, antwortete Justus über die Schulter. »Nur mal so zur Sicherheit. Nachher ist der Frau was passiert!«

»Nur mal so! Just!«, protestierte Peter. »Wir können da nicht einfach reinspazieren!«

Doch der Erste Detektiv schob bereits den »Geistervorhang« zur Seite und lugte in das dahinterliegende Zimmer. »Ich schau nur mal!«

»Du schaust nicht, du betrittst unbefugt ein Haus!«

»Aber in lauterer Absicht!«

»Quatsch! Du willst doch nur rumschnüffeln!«

»Nur ein bisschen, aber sag's nicht weiter!« Justus trat über die Schwelle und verschwand hinter dem Vorhang.

»Just! Nicht!« Peter rollte genervt mit den Augen. »Oh Mann! Irgendwann kommen wir noch mal so richtig in Teufels Küche wegen dir!« Er blickte sich kurz um und folgte dann seinem Freund ins Haus.

Die beiden Jungen mussten sich erst an das Schummerlicht gewöhnen, das in dem Zimmer herrschte, denn bis auf die paar Sonnenstrahlen, die durch die Terrassentür und die Gardinen drangen, erhellte keine Lichtquelle den düsteren Raum. Es roch nach alten Möbeln und Teppichen, aber auch ein wenig nach chemischen Mitteln. *Mottenkugeln vielleicht*, überlegte Justus. Schließlich sahen ihre Augen wieder einigermaßen klar.

»Heiliger Strohsack! Wo sind wir denn hier gelandet?«, stieß Peter überrascht hervor und blieb mit offenem Mund mitten im Zimmer stehen. Verdattert schaute er auf zahllose ausgestopfte Tiere aller möglichen Arten, die ihn ihrerseits aus ihren toten Augen von Wänden und Sockeln, aus Regalen und Vitrinen anstarrten.

»Stroh ist gar nicht so falsch«, erwiderte Justus, dem die Verwunderung auch deutlich anzusehen war. »Soweit ich informiert bin, benutzte man das früher tatsächlich zur Tierpräparation. Aber heutzutage –« Der Erste Detektiv brach unvermittelt ab. »Das ist ein Waran!«, rief er ungläubig aus. »Der Kopf eines Warans!«

Peter drehte sich zu ihm um. »Ein Waran? Du meinst diese Riesenechse?«

»Ja, genau! Aber soviel ich weiß, sind diese Tiere streng geschützt! Es ist absolut verboten, sie zu jagen oder –« Wieder verschlug es Justus, dessen Blick weiter durch das Zimmer gewandert war, die Sprache. »Ein Schneeleopard!« Er deutete auf eine Kommode rechts neben der Zimmertür. »Ein junger, ausgestopfter Schneeleopard! Ich fass es nicht! Das ist nichts weniger als eine ausgemachte Schweinerei! Von diesen prachtvollen Tieren gibt es nur noch ungefähr zweitausend Stück weltweit!«

»Unglaublich!« Peter ballte unwillkürlich die Fäuste. »Dieser Robinson sammelt Tiere, die vom Aussterben bedroht sind!«

Justus lachte verbittert auf. »Er sammelt nicht die Tiere, sondern ihre Leichen! Hier!« Er rannte zu einer Vitrine. »Das ist ein Ara! Eine extrem gefährdete Papageienart! Und das da sind Tigerkrallen!«

»Stoßzähne!« Peter lief zu einem der Regale. »Elefantenstoßzähne!«

»Oh Gott!« Justus erbleichte und sank auf die Knie. »Der Sockel dieses Papierkorbs ist... der Kopf eines Gorillas!«

»Was?« Peter rannte zu ihm hinüber. »Der hat einen Gorilla umbringen lassen, um seinen Kopf als Papierkorb zu benutzen? So ein verdammtes...« Statt des Wortes entfuhr Peter ein wütender Laut, in dem sich sein ganzer Ärger, seine Trauer und Fassungslosigkeit entluden.

Justus, der immer noch am Boden kniete, schüttelte einfach nur entgeistert den Kopf. Er wusste natürlich, dass es solche Menschen gab, denen es offensichtlich völlig egal war, ob sie für die Ausrottung einer Tierart verantwortlich waren. Aber jetzt, wo er zum ersten

Mal sah, wie viel Leid und Schmerzen auf der einen und wie viel Brutalität und Rücksichtslosigkeit auf der anderen Seite hinter diesem sinnlosen Morden steckten, konnte er es dennoch kaum glauben. Und mit so einem Menschen hatte er sich auch noch unterhalten!

»Was ist denn das?«, sagte Peter auf einmal. »Das kenn ich doch irgendwoher.«

Der Zweite Detektiv kniete sich neben Justus auf den Boden, griff in den Papierkorb und holte eine etwa untertellergroße Plastikscheibe hervor. Sie war pechschwarz, an den Rändern glatt und wies eine gitterförmige Oberflächenstruktur auf.

M. M.

Justus hatte sich wieder etwas beruhigt, aber Peter schäumte immer noch, als sie die Auffahrt zum Saint-Michael's-Krankenhaus hinaufliefen.

»Und wir sollten *doch* die Polizei über diese Ratte und ihre skrupellosen Machenschaften informieren!« Peter stieß ein nachdrückliches Brummen aus und kickte einen Kieselstein in hohem Bogen davon.

»Zweiter, ich sehe das ja im Prinzip genauso wie du. Aber wir dürfen auch nicht vorschnell handeln und urteilen! Ich glaube zwar nicht wirklich daran, aber vielleicht gibt es ja doch eine Erklärung für dieses Zimmer in Robinsons Haus, die ihn von jeglicher

Schuld freispricht! Wir müssen warten, bis er aus dem Koma erwacht, erst dann werden wir wohl Genaueres erfahren. Außerdem darf ich dich daran erinnern, was du mir vorhin selbst vorgeworfen hast, nämlich dass wir unbefugt in sein Haus eingedrungen sind! Und solange wir keine hieb- und stichfesten Beweise für unsere Anschuldigungen haben, würde ich diesen Umstand gerne für mich behalten.«

»Hm«, knurrte Peter und köpfte mit seinem Fuß eine Blume am Wegrand.

»Jetzt gehen wir erst einmal da rein, schauen, ob Robinson vielleicht schon wieder bei Sinnen ist, und reden danach mit Parker. Und dann sehen wir weiter, okay?«

»Hm«, machte Peter wieder und trat nach der nächsten Blume. »Und diese Sache mit dem Plastikteil«, fuhr er mürrisch fort. »Verstehst du das? Ist das nun das Teil, das der Box fehlt, die ich im Spielerlager gefunden habe, oder was? Und was macht dann die Box dort und dieses Teil in Robinsons Haus? Und was hat das mit unserem Fall zu tun? Hat es denn überhaupt was damit zu tun?«

Justus zuckte ratlos die Schultern. »Im Moment habe ich darauf auch keine Antwort. Es ist wirklich alles höchst rätselhaft. Aber wie gesagt: Vielleicht geht es Robinson inzwischen ja besser, dann kann er uns sicher einiges erzählen.«

»Wenn die Ratte das überhaupt will!«, motzte der Zweite Detektiv.

»Peter!«

»Ist doch wahr!«

Doch die Frage, ob Robinson den beiden Detektiven Rede und Antwort stehen wollte oder nicht, stellte sich nicht. Er lag nämlich noch immer im Koma, wie ihnen eine Krankenschwester mitteilte.

»So ein Mist!«, schimpfte Peter, als sie die Station wieder verlassen hatten. »Und was jetzt?«

Justus zeigte zum Aufzug. »Jetzt statten wir unserem Klienten einen Besuch ab. Vielleicht kann *er* mit unseren neuen Erkenntnissen etwas anfangen oder weiß dazu etwas zu berichten.«

Die beiden Jungen fuhren in den dritten Stock, gingen zu Parkers Zimmer und klopften an.

»Herein!«

Justus und Peter betraten das Krankenzimmer und bogen um die Ecke des Flurs. Parker stand gerade vor seinem Schrank und räumte einige Kleidungsstücke heraus.

»Hallo, Mr Parker!«, begrüßten ihn Justus und Peter.

»Hallo, Jungs! Tolle Neuigkeiten. Ich kann endlich hier raus!«

»Das freut uns!«, erwiderte Justus. »Dann sind Sie wieder völlig auf dem Damm?«

»Ich könnte Bäume ausreißen!«, lachte Parker und deutete zu seinem Nachttisch hinüber. »Ich bin auch schon am Packen. Kann mir bitte mal einer den Stapel Zeitschriften geben, der da liegt?« Der Sportler wandte sich wieder dem Schrank zu und kramte im obersten Regal.

Peter ging ums Bett und griff nach den Zeitschriften, die auf dem ausziehbaren Tischchen des Nachtkästchens fein säuberlich aufeinandergestapelt waren. Doch plötzlich stockte er.

»Haben Sie die … gemacht?«, brachte er mühsam hervor und deutete auf eine kleine, unscheinbare Origami-Schlange, die sich neben den Zeitschriften zusammenkringelte.

Justus stutzte, als er die Figur sah. Die beiden Jungen tauschten vielsagende Blicke, dann drehte sich Parker mit ein paar Socken in der Hand zu ihnen um.

»Was denn?« Parker bemerkte die kleine Papierschlange. »Ach die? Nein, nein, die muss Mickey dagelassen haben. Der bastelt dauernd so ein Zeugs und lässt es dann überall herumliegen. Ist so 'n Tick von ihm.«

»Mickey?«, fragte Justus nach und warf Peter einen raschen Blick zu. *M!*, schoss es ihm durch den Kopf. *Mickey beginnt mit M!*

»Ja, Mickey McQuire, mein Agent«, klärte der Sportler die beiden Jungen auf.

Justus und Peter zuckten zusammen, als der Name fiel. Aber Parker war viel zu sehr mit dem Aufräumen beschäftigt, als dass er das wahrgenommen hätte. »Er hat mich ein paarmal hier im Krankenhaus besucht«, fuhr er fort und warf seine Socken in den Koffer, der ausgebreitet auf dem Bett lag. »Schon toll, was der aus einem Stück Papier alles zaubern kann, nicht wahr?« Offensichtlich war er der Meinung, dass Justus und

Peter das Kunstwerk an sich interessierte und nicht so sehr, von wem es stammte.

»Es geht uns eigentlich weniger –«

»Äh, ja, ganz fantastisch!«, fiel Justus Peter ins Wort und blickte wie zufällig auf seine Uhr. »Ach, du meine Güte!«, entfuhr es ihm. »Peter! Wir müssten ja schon längst bei dir zu Hause sein! Wir haben doch ... deiner Mutter versprochen, dass wir ihr beim ... Backen helfen!«

»Wir helfen meiner Mutter beim Backen?« Peter sah seinen Freund an, als wäre der von einem anderen Stern.

»Ihr beide backt?« Auch Parker war reichlich erstaunt.

»Wie die Weltmeister!«, behauptete Justus schnell und zog Peter am Ärmel mit sich zur Tür. »Aber jetzt müssen wir wirklich los! Peters Mutter köpft uns sonst. Sie versteht bei so etwas keinen Spaß! Wiedersehen!«

»Wartet! Ich wollte doch noch wissen, wie weit ihr mit euren Ermittlungen gekommen seid!«, schickte ihnen Parker hinterher, aber Justus rief nur noch einmal »Wiedersehen!«, schob Peter aus dem Zimmer und warf die Tür ins Schloss.

»Kannst du mir mal verraten, was das eben sollte!«, blaffte Peter seinen Freund an, während der ihn über den Gang zum Aufzug trieb. »Und seit wann backe ich bitte schön?«

»Peter!« Justus betrat die Kabine und drückte auf die Taste für das Erdgeschoss. »Wir wissen jetzt, wer

M. M. ist! Parkers Agent! Und du warst drauf und dran, Parker in die Sache einzuweihen!«

»Ja… und? Was ist daran so schlimm?«

»Solange wir nicht wissen, wie Parker zu seinem Agenten steht oder ob er gar in der ganzen Sache mit drinsteckt, ist das das Falscheste, was wir tun könnten – und vielleicht sogar sehr gefährlich!«

Peter stutzte – und griff sich erschrocken an den Mund. »Oh Gott! Du hast recht! Parker hat ja gar keine Ahnung, dass die Origami-Figuren für uns so etwas wie der Schlüssel zu dem ganzen Fall sind!«

»Zumindest zu dem Teil, der Robinson betrifft, ja!«, stimmte Justus zu. »Aber seltsamer- oder vielleicht auch passenderweise entpuppt sich nun unser Hauptverdächtiger im Fall Robinson als guter Bekannter von Parker, dessen Fall wir ursprünglich bearbeiten sollten! Und hinzu kommt, dass beide Fälle einige sehr auffällige Parallelen aufweisen, wie wir herausgefunden haben!«

»Also gibt es die Verbindung zwischen den beiden Fällen tatsächlich.« Peter nickte langsam mit dem Kopf.

»Das ist inzwischen mehr als wahrscheinlich.«

»Ah, Moment! Wie kann Parker in etwas mit drinstecken, was ihm beinahe selbst zum Verhängnis geworden wäre? Er wurde ja auch von so einem Vieh gebissen!«

»Ja, ja!« Justus wiegte den Kopf hin und her. »Das weiß ich auch, aber ich habe ja nicht gesagt, dass Parker in irgendeiner Form schuldig ist. Ich denke nur, dass wir ihn nicht unbedingt einweihen sollten, bevor wir nicht sicher wissen, dass ihm zu trauen ist.«

Der Aufzug kam im Erdgeschoss an und öffnete mit einem leisen Zischen seine Türen. Die beiden Jungen verließen ihn und gingen durch die Eingangshalle ins Freie.

»Aber musstest du mich deswegen gleich zum Bäcker machen?«, fragte Peter, als sie die Auffahrt hinab zu seinem MG liefen. »Das nächste Mal behauptest du noch, dass ich ein Treffen mit meinem Häkelklub habe!«

Justus lachte. »Mir ist in dem Moment eben nichts anderes eingefallen als die Geschichte mit dem Backen. Aber das mit dem Häkeln muss ich mir merken. Das könnte ich mir bei dir richtig gut vorstellen.«

Peter zog seinem Freund eine wüste Grimasse. »Pass auf, was du sagst, sonst läufst du zu Fuß nach Hause!«

Dann ließ er ihn aber doch einsteigen und zusammen fuhren sie zurück zur Zentrale. Sie wollten unbedingt erst Bob über ihre neuesten Erkenntnisse informieren, bevor sie weitere Schritte unternahmen.

Aber Bob war noch nicht da, als Justus und Peter den Wohnwagen betraten, und das, obwohl es bereits halb vier war. Doch etwa zehn Minuten später klingelte das Telefon.

»Hier Justus Jonas von den drei Detektiven!«, meldete sich Justus.

»Endlich!«, hauchte Bob in den Hörer. »Ich dachte schon, sie hätten euch auch erwischt!«

Justus stutzte und drückte den Knopf für den Verstärker, damit Peter auch mithören konnte. »Was? Wovon sprichst du, Bob?«

»Hast du den Verstärker an?«, fragte Bob statt einer Antwort.

»Ja, aber rede etwas lauter. Wir verstehen dich kaum.«

»Das geht nicht! Hört zu!« In knappen, aufgeregten Worten schilderte Bob seinen Freunden, was sich auf dem Parkplatz und in der Zeit, die seither vergangen war, ereignet hatte. Nachdem er sich in den BMW geschlichen hatte, um herauszufinden, an wen der Brief adressiert war, war plötzlich ein Mann in das Auto gestiegen und davongefahren, ohne ihn allerdings auf dem Boden des Fonds zu bemerken. Bob hatte sich so klein wie möglich gemacht und während der ganzen Fahrt keinen Mucks von sich gegeben. Denn er war sich sicher, ihren Origami-Künstler entdeckt zu haben, und von dem wollte er auf keinen Fall erwischt werden. Und als der Mann dann von seinem Autohandy aus jemanden anrief, bestätigte sich Bobs Verdacht: Es war unverkennbar die Stimme von Deep Voice, die da sprach!

»Der Kerl heißt, glaub ich, Mickey McQuire«, flüsterte Bob. »Der Brief im Auto war jedenfalls an einen Mickey McQuire adressiert.«

»McQuire ist Deep Voice?« Justus war völlig aus dem Häuschen. »Wir haben vorhin ebenfalls herausgefunden, dass er der Origami-Freak ist, aber wir wussten noch nicht, dass er auch Deep Voice ist!«

»Doch, ist er, aber das ist jetzt egal, Just!« Bob redete immer schneller und seine Nervosität war ihm deutlich anzumerken. »Ihr müsst mich hier rausholen, bevor der mich in die Finger kriegt! Hört ihr?«

»Wieso kriegt der dich in die Finger? Wo bist du denn? Von wo aus rufst du an?«

»Das ist es ja! Ich weiß es nicht!«, antwortete Bob beunruhigt. »Der Kerl ist etwas mehr als eine halbe Stunde durch die Gegend gefahren und hat dann das Auto in einer Garage abgestellt. Er stieg aus und verließ die Garage, aber das verdammte Ding hat eine Tür, die von innen nicht aufzubekommen ist, und Fenster gibt es auch keine. Die ersten Minuten saß ich in völliger Dunkelheit, wie in 'ner Gruft, bis ich mich traute, die Wageninnenbeleuchtung für ein paar Sekunden anzumachen. Ich hab mir dann das Autohandy geschnappt und versuche jetzt schon die ganze Zeit, euch zu erreichen. Aber ich habe keine Ahnung, wo ich bin! Während der Fahrt konnte ich nicht aus dem Auto schauen und jetzt sehe ich auch nichts! Und außerdem ist die Batterie von diesem Misthandy fast alle!« Bob hörte sich immer verzweifelter an. »Just! Holt mich hier raus! Bitte unternehmt was! Schnell!«

»Mein Gott!«, stöhnte Peter entsetzt. »Der Typ kann jeden Moment zurückkommen! Just, wir müssen –«

Justus schüttelte unwirsch den Kopf. Er dachte fieberhaft nach, suchte nach einem Weg, Bob zu Hilfe zu kommen. Das Handy konnte jeden Moment seinen

Geist aufgeben, und dann gab es keine Möglichkeit mehr, mit Bob Verbindung aufzunehmen.

Doch plötzlich hatte Justus eine Idee. »Bob!«, stieß er hervor. »Mach die Augen zu!«

»Was?«

»Die Augen! Mach sie zu! Versuch, dich an alles zu erinnern, was du auf der Fahrt gehört hast! Geräusche, Laute, was auch immer! Und was du gefühlt hast! Hast du was Ungewöhnliches gefühlt, als du auf dem Boden des Autos lagst?«

»Ja!«, sagte Bob aufgeregt. »Da war was! So ein gleichmäßiges Holpern alle zwei oder drei Sekunden! Es dauerte nicht lang, vielleicht eine Minute, aber da hab ich es ganz deutlich gespürt!«

»Wann war das? Wie lange wart ihr da unterwegs?«

Bob zögerte. »So ungefähr zehn Minuten.«

»Gut! Weiter!«, trieb ihn Justus an. »Was hast du noch wahrgenommen?«

»Da war … warte, da war« – Bob zögerte – »ein lautes Hupen oder so.«

»Eine Autohupe?«

»Nein, viel lauter!«

»Ein Zug?«

»Auch nicht, lauter!«

»Ein Schiffshorn?«

»Ja, genau! So klang das! Das war drei, vier Minuten nach den Hopsern. Und dann«, fuhr Bob erregt fort, »habe ich noch Wasserrauschen gehört und ein ganz gleichmäßiges Klappern! Da stand das Auto gerade, und das war, kurz bevor wir in die Garage gefahren sind.«

»Und ihr wart eine halbe Stunde unterwegs, sagtest du?«

»Zweiunddreißig Minuten ganz genau, ich hab auf die Uhr gesehen.«

»Ausgezeichnet!«, lobte Justus seinen Freund. »Und noch was. Wurde es dir auf der Fahrt irgendwo am Körper wärmer als anderswo?«

»Sonne! Du meinst, ob mir die Sonne irgendwo draufgebrannt hat? Ja!«, rief Bob aufgewühlt. »Auf meinen Hintern! Und der lag zur rechten Hintertür hin! Das bedeutet doch –«

Ein lautes Poltern drang aus dem Verstärker, und dann rief jemand wütend: »Was! Schon wieder einer von euch? Ihr seid ja schlimmer als die Pest!«

Justus und Peter erstarrten. Schon beim ersten Laut hatten sie die tiefe, raue Stimme wiedererkannt.

»Raus aus dem Wagen, aber zackig!«, dröhnte es aus dem Lautsprecher. »Na los! Wird's bald! Ich lass mir doch von euch nicht das Geschäft vermasseln!«

Justus und Peter hörten Bob noch ein letztes Mal verzweifelt ihre Namen rufen, dann wurde die Verbindung plötzlich mit einem hässlichen Knacken beendet.

Monsieur Superhirn und sein Chauffeur

»Verdammt!« Peter starrte Justus entsetzt an. »Der hat Bob! Der Typ hat Bob! Und wir wissen nicht, wo er ist!«

Justus legte beide Hände auf den Schreibtisch und atmete ein paarmal tief durch. »Okay«, presste er nach einigen Sekunden hervor. »Keine Panik! Wir müssen ganz ruhig bleiben! Nur so können wir Bob helfen.«

»Aber wie denn? Wie denn?«, rief Peter fast hysterisch. »Bob kann irgendwo sein! In einer halben Stunde fahr ich dreißig oder vierzig Meilen weit, wenn auf den Straßen nichts los ist.«

Justus sah seinen Freund aufmerksam an und schnippte mit den Fingern. »Aber es ist etwas los um diese Zeit, nicht wahr?« Das Gehirn des Ersten Detektivs kam allmählich in Fahrt. »Eine Karte! Schnell! Wir brauchen eine Karte von Rocky Beach und Umgebung!«

Peter zögerte noch einen Moment. Er konnte sich nicht vorstellen, wie ihnen jetzt eine Karte weiterhelfen sollte, und wollte schon widersprechen. Aber er hatte auch keinen besseren Vorschlag, was sie jetzt tun sollten, und schließlich hoffte er einfach, dass Justus, ihrem Superhirn, wie so oft irgendetwas einfallen würde. Er drehte sich zu einem der Regale um, zog die gewünschte Karte heraus und reichte sie dem Ersten Detektiv.

»Hintern zur rechten Fahrertür«, murmelte er, »und die Sonne schien aus Südwesten. Das heißt, sie müssen nach Südosten gefahren sein. Bei dem Verkehr, der im Moment herrscht, kann man in zweiunddreißig Minuten, schätze ich … höchstens fünfzehn bis zwanzig Meilen zurücklegen«, sagte Justus, während er die Karte auf dem Schreibtisch ausbreitete. »Und in zehn Minuten sind das dann etwa vier bis sechs Meilen.« Er vertiefte sich für einen Moment in die Karte und stieß dann ein übermütiges »Ha!« hervor. »Und die einzige Brücke, die Richtung Südosten genau so weit vom Parkplatz des Spielerlagers entfernt ist, ist« – sein Finger kreiste über der Karte – »hier! Die Backwater-Bridge!«

»Äh, wie kommst du plötzlich auf eine – ach so!«, ging Peter ein Licht auf. »Das Holpern! Das Holpern, das Bob gespürt hat, waren Straßenschwellen! Straßenschwellen, wie sie die Fahrbahnteile von Brücken verursachen!«

»Genau!« Justus deutete auf eine andere Stelle auf der Karte. »Und eineinhalb Meilen weiter führt die Straße am Hoover-Kanal vorbei.«

»Das Schiffshorn! Hey, das passt!« Peter zog sich einen Stuhl an den Schreibtisch. »Und was hat Bob noch gehört? Wasserrauschen, oder? Das war's! Und Klappern! Das könnte … könnte ein –«

»*Ist* eine alte Mühle!«, rief Justus triumphierend. »Garantiert! Der Bach rauscht und das Mühlrad klappert! Und hier« – sein Finger zog eine kleine blaue Linie nach – »verläuft der Diamondcreek, an dem so gut wie keine Häuser stehen. Aber bei einer geschätzten Gesamtentfernung von fünfzehn bis zwanzig Meilen, die McQuire vom Spielerlager aus gefahren ist, müssen wir nur dieses Areal hier absuchen« – Justus umkreiste einen Teil der Karte mit einem Marker –, »und ich wette um meinen Posten als Erster Detektiv der drei ???, dass wir dort eine Mühle finden werden!«

»Genial, Erster!« Peter schlug mit der Faust auf den Tisch. »Dann nichts wie los! Und Cotta rufen wir auch gleich an! Der soll mit seiner Kavallerie anrücken!«

Inspektor Cotta arbeitete bei der Polizei von Rocky Beach und unterstützte die drei ??? manchmal bei ihren detektivischen Ermittlungen. Außerdem hatte er sie schon oft aus der einen oder anderen Klemme befreit, und gerade jetzt hielt Peter es für unbedingt erforderlich, dass er ihnen mit ein paar seiner Männer zu Hilfe kam.

Doch Justus zögerte. Nervös kaute er an seiner Unterlippe.

»Was ist?«, fragte Peter, der schon seine Autoschlüssel gezückt hatte, ungeduldig. »Worauf wartest du noch?«

»Und wenn McQuire einfach abstreitet, dass er Bob hat?« Justus sah Peter beunruhigt an. »Wir haben keinen Beweis dafür, dass er ihn festhält!«

»Aber Bobs Anruf ist doch Beweis genug!«, antwortete Peter verständnislos.

»Das schon, aber McQuire wird wohl kaum mit Bob an die Tür kommen, wenn wir bei ihm klingeln! Und wenn wir ihn dann mit dem Anruf konfrontieren, kann er so tun, als wüsste er von nichts. Da kann uns dann selbst Cotta nicht helfen. Und anschließend bringt McQuire Bob irgendwo anders hin, und wir haben absolut keine Ahnung mehr, wo wir ihn suchen sollen!«

»Dann … dann fragen wir eben gar nicht erst, sondern dringen sofort ins Haus ein!«, ereiferte sich Peter und ballte die Faust. In seinen Augen flackerte plötzlich Angst um Bob.

»Da macht Cotta nicht mit.«

»Dann gehen wir allein rein! Ohne Cotta!«, rief Peter trotzig.

»Ah ja? Wir beide gegen einen Mann, der keinerlei Skrupel hat, giftige Tiere auf andere zu hetzen?« Auch Justus wurde vor Sorge um Bob immer lauter. »Den willst du so einfach auf die Seite schieben? Nein, Peter! Wir müssen herausbekommen, um was es hier geht! Wir müssen wissen, von welchem *Geschäft* McQuire vorhin am Telefon gesprochen hat, nur dann können wir uns eine Strategie überlegen, wie wir Bob da rausbekommen!«

»Aber wir *wissen* nicht, worum es geht!«, rief Peter verzweifelt. »Papierfigürchen, die hier und da auftauchen, Plastikboxen, deren Einzelteile über die ganze Stadt verstreut sind, Skorpione und Schlangen aus Südafrika, tausend nichtssagende Kürzel und Zahlen in einem Kalender, ein vergifteter Volleyballer und ein Arzt, der im Koma liegt und offensichtlich geschützte Tiere ins Land schmuggelt und ausstopfen lässt, ein Entführer, der keiner ist und irgendwo an einem – wie hieß das noch mal? – Diamondcreek eine Mühle hat –« Peter holte keuchend Luft und hob dann beschwörend die Arme. »Just! Das kriegen wir nie zusammen, zumindest nicht in ein paar Minuten! Das gehört vielleicht auch gar nicht zusammen! Das Einzige, was wir mit Sicherheit wissen, ist, dass Bob ganz alleine da draußen ist und dass wir sofort etwas unternehmen müssen, um ihm zu helfen!« Der Zweite Detektiv sah seinen Freund flehentlich an.

Justus' Blick verdunkelte sich. »Sag das noch mal!«

»Was? Was soll ich noch mal sagen?«

»Das, was du da gerade gesagt hast! Los, schnell!« Justus wedelte ungeduldig mit der Hand.

»Aber … aber wieso?« Peter schaute Justus verwundert an.

»Mach schon!«

»Also gut, wenn du meinst. Ich sagte, das Einzige, was wir mit Sicherheit –«

»Nicht das!«, unterbrach Justus unwirsch. »Das, was du zu Beginn gesagt hast! Diese ganzen Fakten und Umstände des Falls! Zähl das noch mal ganz langsam auf! So wie du das gesagt hast, hat es irgendeinen Schalter in meinem Hirn umgelegt. Ich dachte für einen Moment, ich wüsste, wie sich das alles zusammenfügt!«

Peter konzentrierte sich. Er versuchte, sich noch einmal genau an das zu erinnern, was er vorhin gesagt hatte. Und daran, wie er es gesagt hatte. »Ja … wie war das?«, begann er zögerlich. »Papierfigürchen, die hier und da auftauchen …« Langsamer als beim ersten Mal, aber dafür weniger aufgeregt, reihte Peter noch einmal all die Einzelheiten ihres Falles aneinander, die ihm vorhin spontan eingefallen waren.

»Und jetzt?«, fragte er Justus, als er fertig war.

Doch der Erste Detektiv antwortete nicht. Wie versteinert saß er auf seinem Stuhl und starrte auf den Boden. Er schien Peter am Ende gar nicht mehr richtig zugehört zu haben.

Plötzlich hob er den Kopf. Dann stand er auf einmal auf, öffnete das Schränkchen über der Spüle und nahm etwas heraus.

»Wir fahren«, sagte er leise und immer noch in Gedanken vertieft zu Peter und wandte sich dem Ausgang der Zentrale zu.

Der Zweite Detektiv stutzte. »Äh, und wieso? Ich meine, toll!«, sagte er verblüfft. »Aber darf ich vielleicht auch erfahren, was los ist?«

»Wo ist der nächste Juwelier?« Justus ging gar nicht auf Peters Frage ein.

»Ja, das dachte ich mir«, seufzte der Zweite Detektiv. Er kannte seinen Freund gut genug, um zu wissen, dass in Situationen wie dieser nichts aus ihm herauszubringen war. Wenn Justus seine Geistesblitze hatte, dann musste man einfach abwarten, bis er wieder aus dem Labyrinth seiner Gedanken aufgetaucht war, bevor man etwas von ihm erfuhr. Trotzdem ärgerte es ihn jedes Mal wieder, dass ihm Justus nicht gleich sagte, wenn er etwas herausgefunden hatte.

»Zum nächsten Juwelier also, hm? Ich hab zwar keine Ahnung, wieso, aber bitte schön!«, ergab sich Peter mit übertriebener Gleichgültigkeit seinem Schicksal. »Hauptsache, wir holen Bob da raus! Wenn mir nun Monsieur Superhirn bitte zum Auto folgen wollen?«

Justus überhörte Peters Gefrotzel völlig. Noch immer rotierte es in seinem Kopf und er kniff vor Konzentration die Augen zu engen Schlitzen zusammen. Aber ganz allmählich lichteten sich die Nebel, ganz langsam wurde ihm klar, was los war, und es fügte sich ein Puzzlestein an den anderen.

Fünf Minuten später hielt Peter vor dem ersten Juweliergeschäft, das ihm eingefallen war.

»Bin gleich wieder da!«, sagte der Erste Detektiv und stieg aus dem MG. »Warte hier auf mich!«

»Selbstverständlich«, erwiderte Peter lakonisch und lächelte dünn.

Es dauerte nur wenige Augenblicke, dann war Justus wieder zurück. »Und jetzt zu einem Zoogeschäft!«, befahl er. Seine Miene hatte sich nach dem Juwelierbesuch deutlich aufgehellt.

»Zu Befehl!« Peter seufzte, legte den ersten Gang ein und fuhr los.

Auch ins Zoogeschäft ging Justus alleine und kehrte mit einer Box zurück, die den Transportboxen, die sie schon kannten, sehr ähnlich war. Anschließend wollte er noch zum Strand gefahren werden. Peter schaute ihm aus dem Wagen zu, wie er etwas Sand in die Box füllte, danach auf seinem Handy jemanden anrief und schließlich mit einem listigen Lächeln auf den Lippen zu ihm zurückkam.

Als Justus wieder im Auto saß, atmete er zufrieden auf und sagte: »So, das war's! Und jetzt hör zu, Peter! Wir machen Folgendes!«

Gefährlicher Deal

»Tatsächlich! Du hattest recht! Es ist eine Mühle!« Peter starrte durch die Windschutzscheibe nach vorne. Etwa zweihundert Meter von ihnen entfernt schimmerte ein altes, aber noch recht gut erhaltenes Haus durch das dichte Laub der Bäume, die den bekiesten Zufahrtsweg säumten. Es war ein einstöckiges Gebäude mit einem steilen roten Schindeldach und kleinen Sprossenfenstern. Rechts des Hauses befand sich eine geschlossene Garage, und an seiner linken Seite drehte sich ein mächtiges Mühlrad über einem kleinen Bach, der an dem Haus vorbeifloss. Das gleichmäßige Klappern des Rades drang deutlich bis zu ihnen herüber.

»Wir haben sie wirklich gefunden!« Der Zweite Detektiv schüttelte fassungslos den Kopf. Sie hatten also Bobs Angaben richtig interpretiert! Die Schwellen auf der Backwater-Bridge waren deutlich zu spüren gewesen, und der Zufall wollte es, dass auch bei ihnen ein Schiffshorn getutet hatte, als sie ein paar Minuten später am Hoover-Kanal entlanggefahren waren.

Justus hatte sie dann mithilfe der Karte auf ein paar Sträßchen gelotst, die sie nahe an den Diamondcreek brachten, und dort hatten sie nach der Mühle Ausschau gehalten.

Und bereits bei dem dritten Feldweg, der von der Straße Richtung Bachlauf abzweigte, waren sie erfolgreich gewesen. Er hatte sie zunächst durch ein paar hundert Meter ausgedörrtes Ödland geführt und war anschließend in ein kleines Waldstück eingetaucht. Und an dessen Ende hatten sie dann das Gebäude entdeckt, in dem sie Bob und Mickey McQuire vermuteten. Zu ihrem Glück standen die Grannenkiefern und die jungen Platanen rechts und links des Weges so dicht, dass sie unbemerkt bis kurz vor die Mühle fahren konnten.

»Okay, also dann bis gleich!« Justus beendete die Verbindung und legte das Handy ins Handschuhfach. »Stell den Wagen hier ab! Den Rest gehen wir zu Fuß«, sagte er zu Peter und zeigte auf eine kleine Ausbuchtung am Wegrand.

Peter ließ den Wagen auf den Wiesenstreifen rollen und stellte den Motor ab. »Und du glaubst wirklich, dass das gut geht?« Er sah Justus skeptisch von der Seite an. Zwar war er durchaus überzeugt von dem, was ihm der Erste Detektiv während der Fahrt hierher erläutert hatte. Es klang absolut plausibel und brachte all die rätselhaften Geschehnisse und Sachverhalte, die sich um diesen Fall rankten, in einen sinnvollen Zusammenhang. Aber der Plan, den Justus entwickelt hatte, um Bob zu befreien, war doch sehr riskant.

»Peter! Noch einmal!« Justus nahm die Transportbox und öffnete die Tür. »Es geht nur so! Wir können nicht einfach anklopfen und McQuire fragen, ob er Bob festhält! Und wir können auch nicht warten, bis McQuire das Haus verlässt, um dann da drin nach Bob zu suchen! Wir haben keine Zeit mehr zu verlieren, weil wir nicht wissen, was McQuire mit Bob vorhat! Und was ist, wenn Bob längst woanders ist? Nein, wir müssen diesen Schuft dazu bringen zuzugeben, dass er Bob hat, und dafür brauchen wir einen Köder!«

»Ja, aber der Köder sind *wir*!«

»*Das* ist unser Köder!« Justus hob die Box in die Höhe und stieg aus.

»Aber diese Box« – Peter schlüpfte aus dem MG und drückte dann leise die Tür zu – »kann weder allein da vorgehen, noch kann sie mit McQuire reden!«

»Es klappt schon, du wirst sehen«, versuchte Justus, seinen Freund zu beruhigen. »Und außerdem müsste Cotta jede Minute da sein. Er ist gleich nach meinem ersten Telefonat am Strand losgefahren, und gerade habe ich ihm noch genau beschrieben, wo wir jetzt sind. Aber auch er kann erst eingreifen, wenn wir Beweise haben. Vorher sind ihm die Hände gebunden!«

Peter seufzte bekümmert und nickte dann schicksalsergeben. »Okay, wenn es wirklich nicht anders geht. Aber dann lass uns die Sache lieber schnell hinter uns bringen!«

Die beiden Detektive gingen langsam auf dem Schotterweg vor zum Haus. Die Steinchen knirschten laut unter ihren Tritten, und doch hörte Peter nur sein Herz, das ihm bis zum Hals schlug.

Justus holte noch einen kleinen Lederbeutel aus seiner Jackentasche und ließ den Inhalt in die Transportbox rieseln. Als sie etwa dreißig Meter von der Mühle entfernt waren, blieb er schließlich stehen und übergab Peter die Box.

»Also, Zweiter. Du weißt, was du zu tun hast?«

»Ja, sterben vor Angst«, erwiderte Peter und versuchte ein Grinsen.

»Wird schon schiefgehen, Zweiter!« Justus legte ihm zum Abschied die Hand auf die Schulter. Dann drehte er sich um und brachte die letzten Meter bis zum Haus hinter sich. An der Haustür angekommen, schloss er noch einmal kurz die Augen und konzentrierte sich. Danach klopfte er dreimal laut und deutlich an.

Wenige Sekunden später ertönten Schritte. Dumpf und bedrohlich drangen sie durch die schwere Holztür. Justus verspürte den Impuls wegzulaufen, aber er riss sich zusammen. *Es geht um Bob!*, sagte er sich. *Ich muss das jetzt durchziehen!*

Dann ging die Tür auf. Der Mann, der klein und gedrungen gebaut war und einen Nacken wie ein Catcher hatte, schaute Justus feindselig an, und für einen Moment glaubte der Erste Detektiv, so etwas wie ein überraschtes Flackern in dessen Augen zu bemerken.

»Ja? Was willst du?«, blaffte der Mann durch die halb geöffnete Tür.

Es war dieselbe Stimme! Unverkennbar! Justus zweifelte keine Sekunde. Es war Deep Voice, der da vor ihm stand, und Deep Voice war wirklich M. M., Mickey McQuire, der Agent von Ken Parker!

Justus räusperte sich und versuchte, dem kalten Blick des Mannes standzuhalten. »Wir haben das, was Sie suchen«, sagte er und hatte dabei den Eindruck, als klänge seine Stimme dünn und fast piepsig.

»Ihr habt – wovon, zum Teufel, sprichst du?«, fuhr ihn McQuire an und öffnete die Tür nun ganz.

Justus nahm seinen Oberkörper etwas zurück, wich aber ansonsten nicht von der Stelle. »Sie lassen unseren Freund laufen und bekommen dafür das, was Ihnen gehört.«

McQuire zögerte. Man sah ihm deutlich an, dass es in ihm arbeitete. Er starrte Justus in die Augen, als versuchte er, irgendetwas darin zu lesen, was ihm seine Entscheidung erleichtert hätte. Aber der Erste Detektiv hatte sich inzwischen so weit unter Kontrolle, dass er mit keinem Zucken in seiner versteinerten Miene verriet, was sich tatsächlich in ihm abspielte.

»Und was wäre das gleich noch mal, das mir gehört und das ihr angeblich habt?«, fragte McQuire schließlich und fixierte Justus mit einem verschlagenen Blick.

Aber der Erste Detektiv ließ sich nicht einschüchtern, und obwohl er wusste, dass von seiner nächsten Aussage alles abhing, antwortete er so gelassen wie möglich: »Rohdiamanten aus Südafrika mit einem geschätzten Wert von, sagen wir … 100 000 Dollar?«

McQuire riss die Augen auf. »Wo sind sie?«, stieß er tonlos hervor.

Justus atmete unhörbar auf. Er hatte also Recht gehabt! Ohne den Mann aus den Augen zu lassen, trat er einen kleinen Schritt zur Seite und deutete über die Schulter nach hinten zu Peter. »Mein Freund hat sie. Sie sind in der Box, wo wir sie selbst erst heute Morgen entdeckt haben«, log er und hoffte, dass McQuire die Details im Moment nicht interessieren würden. »Dr. Robinson ahnte wohl, dass ihm etwas zustoßen würde, und hat uns die Box gegeben, ohne uns zu sagen, was drin ist. Er meinte, wir sollten einfach ein Weilchen auf sie aufpassen. Das war übrigens, kurz nachdem Sie bei ihm im Labor waren und kurz bevor er von der Schlange gebissen wurde – die Sie freigelassen haben!«

Das war jetzt riskant und Justus wusste das. Aber wenn er im Moment auch nur eine Spur von Angst zeigte, würde sein Plan mit Sicherheit schiefgehen. Er musste McQuire unter Druck setzen!

»Das kannst du wohl kaum beweisen, das mit der Schlange«, höhnte McQuire, aber in seiner Stimme schwang eine Spur von Unsicherheit mit.

»Genauso wenig wie die Tatsache, dass Sie ins Krankenhaus eingebrochen sind, um den toten Skorpion zu stehlen«, antwortete Justus, »oder dass Sie es waren, der uns dieses reizende Tierchen in den Wohnwagen geworfen hat.«

McQuire begann, leise und bösartig zu lachen, und für einen Augenblick glaubte Justus, dass er einen

Fehler gemacht hatte, dass er das Puzzle doch falsch zusammengesetzt hatte. Doch urplötzlich wurde der Mann wieder ernst und dann nickte er. »Einverstanden. Ich bekomme die Diamanten und ihr euren Freund. Aber zuerst muss ich die Dinger sehen, damit ich weiß, dass ihr mich nicht bescheißt!«

»Und ich will vorher Bob sehen, damit *ich* weiß, dass es ihm gut geht.« Justus lächelte McQuire süßlich an.

Der Ganove schürzte die Lippen und nickte anerkennend. »Du bist ganz schön abgezockt, Speckbauch, das muss man dir lassen.«

Justus entgegnete nichts hierauf, sondern deutete nur gelangweilt ins Haus, um McQuire klarzumachen, dass er Bob holen solle. Dann verschränkte er demonstrativ die Arme vor der Brust und wartete.

McQuire lachte blechern, drehte sich um und ging in das Mühlenhaus zurück. Justus machte einen Schritt nach vorne und sah gerade noch, wie der Mann in einem Treppenabgang verschwand, der auf der linken Seite eines dunklen Flurs in den Keller führte. Dann wandte er sich zu Peter um und signalisierte ihm mit einem erhobenen Daumen, dass alles in Ordnung sei.

Aber Justus hatte Mühe, diese Zuversicht auszustrahlen, denn in Wahrheit war er mehr als unsicher. Zu viel konnte noch schiefgehen.

»Los, vorwärts!«, bellte kurz darauf McQuires tiefe Stimme aus dem Inneren des Hauses.

Justus hörte, wie jemand keuchend eine Treppe hochstolperte.

»Was ist?«, vernahm er plötzlich Bobs Stimme. »Wo bringen Sie mich hin?«

»Da ist Besuch für dich!«, höhnte McQuire.

»Besuch?«

»Bob!«, rief Justus. »Bob! Wir sind's!«

»Just! Peter!« Bobs Stimme überschlug sich beinahe vor Erleichterung.

»Halt, halt, Freundchen! Hier geblieben!«, befahl McQuire rau.

Der dritte Detektiv schrie schmerzerfüllt auf. »Verdammt! Sie tun mir weh!«

»Ach was?«, lachte der Ganove dreckig. Wenige Sekunden später erschienen zunächst Bob und dann direkt hinter ihm McQuire in der Türöffnung. Der Mann drehte Bob grob den Arm auf den Rücken und drückte ihn so heftig gegen den Türrahmen, dass sich der dritte Detektiv kaum bewegen konnte.

»Hallo, Erster!« Bob lächelte Justus gequält an.

»Bob! Alles in Ordnung mit dir?«

»Ging mir nie besser!«

»Schluss jetzt mit den Volksreden!«, fuhr McQuire dazwischen. »Zeig mir die Klunker!«

Justus nickte. »Moment.« Er kramte einen Augenblick in seiner Hosentasche herum und holte dann einen hell funkelnden Splitter daraus hervor. Es war derselbe, der sich vor wenigen Tagen am Strand in den schwarzen Wachsklecks gebohrt hatte, der an seiner Sporttasche festgeklebt war.

»Gib ihn mir!«, herrschte McQuire den Ersten Detektiv an. Brutal presste er Bob mit einem Arm an den Türrahmen, sodass er Justus eine freie Hand entgegenstrecken konnte. »Los! Her damit!«

Aber kaum dass McQuire den Stein in Händen hielt, machte Bob einen Versuch zu entkommen. Er wand sich mit aller Kraft unter dem eisenharten Griff hervor, ging leicht in die Knie und drehte sich um.

Doch McQuire sah nicht nur aus wie ein Catcher, er hatte offenbar auch die dazu passenden Muskeln! Noch bevor Justus seinem Freund zu Hilfe kommen konnte, packte er Bob wild fluchend am Kragen, riss ihn hoch und schmiss ihn mit dem Gesicht voran gegen die Wand neben der Tür. Dann zog er ihm die Jacke herunter bis zu den Ellenbogen und grub seine Finger in Bobs Haare.

»Mach das noch einmal, Bürschchen, und ich brech dir dein Genick«, knurrte er ihn, zitternd vor Wut, an. »Ist das klar?«

»Ja, ist klar, glasklar«, stöhnte Bob.

»Und du hol mir einen neuen Stein!«, raunzte McQuire Justus an.

Justus erbleichte. »Aber ich habe Ihnen doch gerade –«

»Der ist mir davongeflogen!«, fiel ihm McQuire ins Wort. »Bedank dich bei deinem bescheuerten Freund! Na los!«, blökte er Justus an, weil der sich nicht rührte, sondern starr vor Schreck in der Tür stand.

»Ja, ja, natürlich«, stammelte der Erste Detektiv, »ich

muss nur – ich hole Ihnen einen aus der Box. Hier habe ich keinen mehr.«

»Aber zackig!«, sagte McQuire und drückte Bob noch ein bisschen fester an die Wand. »Dein Freund steht, wie's aussieht, etwas unbequem.«

Justus drehte sich um und lief zu Peter, der ebenfalls mitbekommen hatte, was sich an der Tür abgespielt hatte. »Wir brauchen noch einen Stein!«, sagte er heiser und griff mit zitternden Fingern in die Transportbox.

»Was?« Peter schaute ihn voller Entsetzen an. »Aber das sind doch nur –«

»Das weiß ich auch!«, unterbrach ihn Justus und rang um Fassung. »Aber wir haben keine Wahl, er hat den anderen verloren. Bete einfach, dass er es nicht merkt!« Dann lief er wieder zurück zum Haus.

Als er dort angekommen war, streckte er McQuire den neuen Stein entgegen. »Hier«, sagte er, vermied es aber diesmal, dem Ganoven in die Augen zu sehen.

McQuire nahm den Stein in die Hand. »Und keinen Blödsinn, ja?«, fauchte er Bob an. Dann kniff er ein Auge zu und hielt den Diamanten gegen das Licht. »Scheint okay zu sein«, meinte er wenig später.

»Haben Sie etwas anderes erwartet?« Justus spürte, wie ihm wahre Zentnerlasten von der Brust purzelten. Schon sehr viel gelassener als noch vor einer Minute fuhr er fort: »Dann würde ich sagen, wir schreiten zum Austausch. Ich bringe Ihnen die Box und Sie lassen Bob frei.«

McQuire, der immer noch in den Stein schaute, zögerte. Er drehte ihn hin und her, ließ ihn im Licht funkeln und sagte schließlich: »Okay, so machen wir's. Aber eines will ich noch abchecken.« Dann ließ er den Stein zu Boden fallen, schob ihn sich mit dem Fuß zurecht und trat dann mit aller Kraft mit dem Absatz auf den vermeintlichen Diamanten.

Das Knirschen, das erklang, als der Stein unter dem Schuh zermahlen wurde, war nicht laut. Es war auch nicht besonders hässlich. Aber dennoch zuckte Justus wie unter einem heftigen Schlag zusammen.

»Das ist doch …« McQuire stierte ungläubig auf das Glasmehl zu seinen Füßen. Dann riss er den Kopf hoch und durchbohrte Justus mit einem hasserfüllten Blick. »Ihr wollt mich wohl verarschen!«

»Peter!«, schrie Justus. »Bob! Raus da!«

Er wollte sich eben auf McQuire stürzen, als ihm die Haustür entgegenflog. Der Ganove war schneller als er gewesen und hatte sie mit voller Wucht zugeschleudert. Doch Justus schaffte es, einen Fuß in den Türspalt zu stellen, sodass sie nicht ins Schloss fiel.

»Peter!«, rief er noch einmal und stieß die Tür wieder auf.

»Schon da!«, keuchte der Zweite Detektiv und stürmte hinter ihm ins Haus. »Wo sind sie hin?«

»In den Keller!« Justus zeigte auf den dunklen Treppenabgang, aus dem lautes Gepolter und McQuires wütende Stimme drangen. »Los, schnell! Vielleicht gibt es da unten einen Hinterausgang oder irgendeine andere Fluchtmöglichkeit. Wir müssen sie abfangen!

Er darf uns nicht entkommen! Nicht, solange er Bob hat!«

Peter überholte Justus und jagte die steile Treppe hinab. Ein muffiger Geruch schlug ihm aus dem Keller entgegen, der ihm irgendwie bekannt vorkam.

»Die Tür!«, rief Justus und deutete hektisch zum unteren Treppenabsatz, wo gerade eine schwere Stahltür ins Schloss fiel. Aber als Peter die Klinke herunterdrückte, stellte er zu seiner Erleichterung fest, dass sie sich ohne Probleme wieder öffnen ließ.

Und dann wusste Peter, woher er den Geruch kannte. Er musste es nicht einmal sehen, denn der Raum, in den sie starrten, war stockfinster.

»Terrarien!«, flüsterte er entsetzt. »Hier unten sind Terrarien! Der hat hier seinen Privatzoo im Keller!«

»Licht!«, keuchte Justus, der nun auch unten angekommen war. »Mach Licht!«

Peter tatschte die Wand links hinter der Tür ab und fand einen Drehschalter. Eine Sekunde später flammten etliche Strahler auf, die in Decke und Wände eingelassen waren.

»Ich werd verrückt!«, entfuhr es dem Zweiten Detektiv. »Sieh dir das an!«

Wie im Labor des Saint-Michael's-Krankenhauses, so standen auch hier zahllose Glaskästen in Reih und Glied und bildeten ein Gewirr von Gängen und Gassen, die sich im gleißenden Licht der Strahler wieder in einen funkelnden Irrgarten verwandelten. McQuire musste das Untergeschoss um ein Beträchtliches ausgebaut haben, denn es war von der Grundfläche her sehr viel größer als das darüberstehende Haus. Aber Peter realisierte vor allem, dass sich auch in diesen Glaskästen das eine oder andere furchterregende Tier befand!

»Bob!«, rief Justus, der den unterirdischen Zoo kaum zur Kenntnis nahm. »Bob, wo bist du?«

»Hie–!«, krächzte der dritte Detektiv, aber sofort erstarb sein Schrei zu einem dumpfen Röcheln.

»Da drüben!« Justus rannte in einen der rechten Gänge und Peter hinterher.

Doch sie kamen nur bis zu der ersten Abzweigung. Justus sah zwar Bob noch auf sich zufliegen, aber es war ihm nicht mehr möglich auszuweichen. Mit voller Wucht rammten sich die beiden Freunde und stürzten zu Boden.

Bob schlug hart mit der Schulter auf und krümmte sich vor Schmerzen. Aber Justus traf es noch schlimmer. Er fiel so unglücklich gegen einen der Terrarientürme, dass der oberste Kasten ins Wanken geriet und dann auf ihn herabzustürzen drohte. Nur dank eines Reflexes gelang es dem Ersten Detektiv noch, dem Glaskasten auszuweichen, der klirrend und splitternd dicht neben ihm in tausend Teile zerbarst.

Justus, der benommen um sich blickte, sah als Erstes McQuire. Der Ganove hatte Bob als Rammbock benützt und wollte jetzt die Verwirrung der Jungen ausnutzen, um sich aus dem Staub zu machen.

Doch gerade als Justus rufen wollte, dass McQuire dabei war abzuhauen, sah er sie. Sie musste in dem Terrarium gewesen sein, das ihn eben fast erschlagen hatte: eine kleine grüne Schlange, die züngelnd auf seine Hand zuschoss!

Der Erste Detektiv schrie panisch auf und zog sofort die Hand zurück, aber die Schlange war schneller. Er spürte noch einen scharfen, stechenden Schmerz im rechten Daumenballen, dann wurde es dunkel um ihn.

Der Drachentöter

»Eine Grasnatter hat ihn gebissen?« Parker ließ die Gabel mit den Nudeln, die er sich gerade in den Mund hatte schieben wollen, wieder sinken und sah Justus, der ihm am Tisch gegenübersaß, verwirrt an. Dann wanderte sein Blick zu Peter, der ihm eben von Justus' Begegnung mit der Schlange erzählt hatte. »Aber ich verstehe nicht…«

Der Zweite Detektiv gluckste amüsiert. »Die sind absolut harmlos. Sie hat Justus nur aus lauter Angst gebissen, weil sie zu Tode erschrocken war, als sie ihn sah. Aber unser Erster fiel daraufhin schon mal vorsorglich in Ohnmacht, damit das Gift langsamer durch seinen Körper wandert und er eine größere Überlebenschance hat.«

»Sehr geistreich!«, meckerte Justus. »Macht euch nur lustig über mich. Aber ich habe nun mal eine starke Abneigung gegen Schlangen, und als mich das Vieh gebissen hat, dachte ich, mein letztes Stündlein hätte geschlagen! Außerdem hatte das Ding auch kein Schild um den Hals, auf dem ›bin ungiftig‹ stand!«

Bob trank einen Schluck, damit er nicht grinsen musste, Peter schaute in eine andere Richtung, und auch Parker hatte alle Mühe, ernst zu bleiben. Er stocherte deswegen scheinbar konzentriert auf seinem Teller herum und besah sich die Gabel mit den Nudeln ausgiebig von allen Seiten.

Er hatte die drei ??? zum Abschlussbankett der Beachvolleyballweltmeisterschaft eingeladen, um zu erfahren, was es mit dem schwarzen Skorpion auf sich gehabt hatte, der an seiner unfreiwilligen Auszeit bei dem Turnier schuld gewesen war. Er wusste bisher nur, dass es nicht darum gegangen war, ihn für einige Zeit außer Gefecht zu setzen, wie er ja zunächst vermutet hatte, aber ansonsten hatte er kaum Informationen erhalten.

Die drei Jungen hatten die Einladung auch gerne angenommen und waren zwei Tage nach den spektakulären Ereignissen in der alten Mühle in das nette Restaurant am Strand gekommen, wo der Veranstalter das Festmahl ausgerichtet hatte. Aber zum Essen waren sie bisher kaum gekommen. Parker wollte alles wissen, jede Einzelheit, und fragte ihnen fast ein Loch in die hungrigen Bäuche. Er ließ sich dabei nicht einmal von seinem vierjährigen Neffen Kevin stören, den er mitgebracht hatte und der dauernd um sie herumwuselte.

»Also, noch mal zum Mitschreiben und von Anfang an«, nahm Parker den Faden wieder auf und lehnte sich in seinem Stuhl zurück. »McQuire hat diesen Dr. Robinson erpresst, weil er wusste, dass der geschützte Tiere einführte oder sich diese Tiere irgendwo ausstopfen ließ.«

Justus nickte. »McQuire hat einmal zufällig gesehen, was in einem Koffer war, den Robinson am Flughafen in dem Glauben öffnete, er sei unbeobachtet. Das hat Robinson jedenfalls der Polizei berichtet, kurz nachdem er vorgestern wieder aus seinem Koma erwacht war.«

»Und Robinson«, fuhr Parker fort, »sollte nun für McQuire Rohdiamanten aus Südafrika in die Staaten schmuggeln. Dabei machte sich McQuire zunutze, dass Robinson als Tropenmediziner ohnehin andauernd da unten war und irgendwelche Tiere ausführte.«

»Zum Beispiel Skorpione«, ergänzte Peter, während ihm Kevin ein Spielzeugauto über den Oberschenkel schob.

»Und der dabei – als Beauftragter seines Instituts – auch kaum kontrolliert wurde. Außerdem kramt wohl keiner gern in einer Kiste herum, in der ein giftiges Tier sitzt.« Bob lächelte schief und goss sich etwas Mineralwasser nach.

»Also gut«, sagte Parker, »und dazu, sagt ihr, hat ihm irgendjemand dort unten die Rohdiamanten übergeben und er hat sie dann im Sand der Transportboxen versteckt und ist damit durch den Zoll marschiert?«

»So hat er es nach eigenen Angaben gemacht«, bestätigte Justus. »Aber das mit den Transportboxen, dem Sand und den giftigen Tieren war uns natürlich schon vorher klar, sonst hätten wir unseren Plan ja gar nicht aushecken können.«

Parker zeigte mit der Gabel auf den Ersten Detektiv. »Weil ihr die Sache am Strand richtig gedeutet habt«, sagte er bewundernd. »Robinson wollte aussteigen und hat dazu eine der Transportboxen manipuliert. Er hat eine Seite aufgeschnitten und mit einem farblich identischen Wachs wieder verschlossen. Dann setzte er den Skorpion hinein und übergab McQuire die Box wie immer. Nur diesmal hoffte er, dass das Wachs im heißen Auto schmelzen würde und dass der Skorpion rauskrabbelt und McQuire sticht. Der erschrickt, baut einen Unfall und voilà – Robinson ist alle Sorgen los.«

Peter deutete nun seinerseits mit einem Hähnchenschenkel auf Parker und sagte: »Aber das Wachs schmolz erst während Ihres Spiels am Strand unter den Zuschauern, wo McQuire seinen Abnehmer treffen wollte. Er war ja nur so etwas wie ein Kurier, der aber als Sportmanager solche Großveranstaltungen wie die Beachvolleyballweltmeisterschaft prima ausnutzen konnte, um heimlich die Empfänger der Diamanten zu treffen. Also, der Skorpion entkommt ihm unbemerkt am Strand und sticht Sie. Panik bricht aus, alles läuft durcheinander und auch McQuire wird von der Menge mitgerissen. Und sei es, dass er selbst zu viel Angst vor dem Vieh hatte oder dass er in diesem Moment einfach nicht nachdachte, jedenfalls muss er während seiner Flucht den ganzen Inhalt seiner Box im Sand verteilt haben. Rohdiamanten im Wert von 100 000 Dollar!«

Parker lächelte schwach. »Das sagen wir aber lieber niemandem weiter, sonst habt ihr bald keinen Strand mehr hier in Rocky Beach!«

Die drei ??? nickten verständig. Kevin hatte sich mittlerweile unter den Tisch verzogen und vergnügte sich damit, allen die Schuhbänder aufzudröseln.

Parker nahm ein paar Pommes frites von seinem Teller und sprach weiter: »Am nächsten Tag fuhr McQuire zu Robinson –«

»Entschuldigung, da fällt mir gerade noch etwas ein, was ich vorhin vergessen habe zu erwähnen«, unterbrach Justus. »Robinson hatte sich extra die Schicht vom Vortag geben lassen, um McQuire abzufangen, wenn der eingeliefert würde. Wahrscheinlich hätte er alles getan, damit man ihm das falsche Gegengift gibt oder gar keines. Sie, Mr Parker, hatten also gewissermaßen Glück im Unglück, denn nur weil Robinson da war, konnte er Ihnen sofort das richtige Antidot verabreichen. Er wusste ja, was Sie da gestochen hatte, und war wahrscheinlich ziemlich geschockt zu sehen, dass es nicht McQuire war, den man zu ihm brachte, sondern Sie.«

Durch Parkers Blick huschte ein Schatten, als er begriff, wie viele Umstände zusammengekommen waren, die ihm das Leben gerettet hatten. Er schluckte beklommen und meinte dann mit belegter Stimme: »Puh, da hab ich ja wirklich ziemlich Schwein gehabt!«

»Also«, ergriff Bob das Wort, »McQuire fuhr zu Robinson, um ihn zur Rede zu stellen, aber der tat so, als wüsste er von nichts. Doch McQuire glaubte ihm nicht und ließ aus Wut die Schlange frei, die dann Robinson biss. Er suchte danach noch im Labor nach den Diamanten, in der Hoffnung, dass Robinson sie diesmal vielleicht doch nicht in die Box getan und sie dort irgendwo gebunkert hatte, aber er fand nichts. In der gleichen Nacht brach er auch noch in die Pathologie des Krankenhauses ein, weil er nicht wollte, dass man den toten Skorpion genauer untersuchte. Denn wenn sich da auch nur *ein* Diamant im Panzer verfangen hätte, würde die Polizei sehr hellhörig werden, und das wollte er unbedingt vermeiden. Man sollte weiterhin denken, einem verrückten Liebhaber sei aus Versehen sein südafrikanischer Skorpion entfleucht.«

»Aber dann kamt ihr ihm in die Quere«, sagte Parker. »McQuire erfuhr, dass Peter im Spielerlager herumgeschnüffelt und die präparierte Box gefunden hatte, die er dort einfach abgestellt hatte. Und er bekam auch heraus, dass ihr kurz nach ihm bei Dr. Robinson gewesen wart.«

»Also schickte er uns seinen Skorpion vorbei, um uns unmissverständlich zu warnen.« Peter schüttelte sich immer noch bei dem Gedanken an den Skorpion, der unter dem Papierhaufen in der Zentrale aufgetaucht war.

»Doch dann« – Bob blickte zerknirscht auf seinen Teller – »war ich so dämlich, mich in seinem Auto überraschen zu lassen.«

Alle schwiegen nun für ein paar Augenblicke und schauten gedankenvoll vor sich hin. Jeder war sich bewusst, dass Bobs Abenteuer auch ganz anders hätte ausgehen können.

»Aber woher«, fragte Parker schließlich, »hattest du dann plötzlich den Durchblick, Justus? Woher wusstest du, wie die Dinge zusammenhängen?«

Der Erste Detektiv zuckte mit den Schultern. »Eingebung. Als Peter die ganzen Fakten vor sich hin gebrabbelt hat –«

»Ich brabble nicht!«, unterbrach ihn Peter eingeschnappt.

»... hin gesagt hat, glaubte ich auf einmal zu wissen, was los war. Und der Juwelier bestätigte mir meine Vermutungen. Den Splitter an meinem Wachsklecks konnte er zweifelsfrei als echten Rohdiamanten identifizieren und die seltsamen Zahlen aus Robinsons Organizer stellten sich als Angaben für die Anzahl und die Karate von Diamanten heraus. Die erste Ziffer gab dabei stets die Menge der Steine wieder, die Robinson jeweils schmuggeln sollte. Es waren immer zwischen fünfzig und hundert. Und die folgenden Ziffern, die wir zuerst für eine Differenz gehalten hatten, gaben in Wirklichkeit an, bei wie viel Karat die Diamanten ungefähr lagen. Das war's! Was die Buchstaben bedeuteten, wussten wir ja schon vorher, und mit diesen neuen Informationen konnte ich nun das Puzzle zusammenfügen. Der Rest war einfach Logik.«

»Ja sicher, Logik«, lachte Peter gekünstelt. »Vor ein

paar hundert Jahren hätte man dich für diese Art von *Logik* auf den Scheiterhaufen geworfen. Da hätte man das nämlich *Zauberei* genannt!«

Bob pflichtete seinem Freund grinsend bei, und Parker applaudierte Justus andeutungsweise und sagte: »Hut ab, Justus! Echt stark!«

Aber der Erste Detektiv gab sich bescheiden. »Dafür habe ich mich in diesem Fall ja auch nicht immer gerade beispielhaft verhalten«, wandte er ein. »Hier und da habe ich auch einmal zu emotional reagiert.«

»Kann man wohl sagen!«, behauptete Peter und spielte theatralisch einen Ohnmachtsanfall nach.

»Okay, Jungs«, sagte Parker, während Justus Peter ungnädige Blicke zuwarf, »zurück zu der Mühle. Der erste Stein, den ihr McQuire zur Prüfung gegeben habt, war ein echter Rohdiamant, nämlich der, der an diesem Wachsklecks hing, mit dem Robinson die Box verschlossen hatte. Der zweite war einer von den einfachen Glassteinen, die dir, Justus, der Juwelier geliehen hat. McQuire bemerkte den Schwindel und die Verfolgungsjagd begann.«

»Wir mussten ihm hinterher«, sagte Peter. »Er hatte ja Bob, und wir wussten nicht, was er mit ihm anstellen würde, so wütend, wie er war.«

»Aber was genau ist jetzt nach der Sache mit der Grasnatter passiert?«, drängte Parker weiter. »Wie habt ihr McQuire dann doch noch geschnappt?«

»Wir haben ihn gar nicht geschnappt«, erklärte Bob. »Es war Cotta. McQuire rannte ihm und seinen Männern genau in die Arme, als er das Haus verlassen wollte. Cotta kam nämlich genau zu dem Zeitpunkt an, als Just und Peter ins Haus liefen. Er hat sie gerade noch darin verschwinden sehen, wie er uns nachher erzählte.«

»Aber an der Art und Weise«, fuhr Justus fort, »wie wir da hineinstürzten, konnte er sich ausrechnen, dass irgendetwas nicht in Ordnung war. Also ließ er das Haus sofort von seinen Leuten umstellen und das war auch gut so. Denn der Keller besaß, wie wir bereits vermutet hatten, tatsächlich einen Hinterausgang –«

»... aber als McQuire die Kellertreppe hinaufstürmte, warteten dort schon zwei Polizisten auf ihn«, vollendete Peter den Bericht. »Er hat sich zwar angeblich noch nach Kräften gewehrt, aber er hatte natürlich keine Chance mehr.«

Parker atmete erleichtert auf, als hätte er selbst eben die brenzligen Minuten in McQuires Keller überstehen müssen. Er prostete den Jungen zu und trank einen Schluck. Aber dann fiel ihm noch etwas ein. »Weiß man inzwischen eigentlich schon, wer der oder die Empfänger der Diamanten sind? Für wen hat McQuire gearbeitet?«, fragte er und steckte Kevin ein paar Pommes in den Mund, damit der mal für einen Augenblick keinen Blödsinn anstellte.

»Die Diamanten, die Robinson schmuggeln musste«, antwortete Justus, »sind sogenannte *blutige Diamanten*. Gerade in Afrika finanziert man damit Kriege und Revolutionen. Man bestellt im Ausland Waffen und anderes Kriegsmaterial und zahlt mit Diamanten, die man dann zu dem Lieferanten schmuggeln muss. McQuire war der Mittelsmann. Über ihn liefen die Bestellungen und er gab sie an Waffenhändler hier in den Staaten und anderswo weiter. Die Waffen wurden nach Afrika gebracht und die Diamanten mithilfe von Robinson zu uns, wo sie schließlich McQuire dem Waffenhändler auf Sportveranstaltungen übergab. Cotta hat inzwischen auch Namen und ist eben dabei, die Hintermänner hochzunehmen.«

»Und Rohdiamanten sind so viel wert, dass sich der ganze Aufwand und das Risiko lohnen?«, wunderte sich Parker.

»Pro Karat zahlt man ungefähr dreihundert Dollar«, informierte ihn Justus. »Und wenn Sie davon ausgehen, dass man pro Box zwischen dreihundert und fünfhundert Karat Diamanten geschmuggelt hat – das sind in Gramm etwa sechzig bis hundert, dann kommt man auf den Wert, den Peter vorhin –«

Irgendetwas flog durch die Luft. Etwas Schwarzes, Längliches und es landete genau vor Justus' Teller.

Der Erste Detektiv verstummte augenblicklich und starrte mit schreckgeweiteten Augen auf den Tisch.

Bob hingegen entfuhr ein spitzer Schrei. Mit einem gewaltigen Satz sprang er auf und Peter kippte vor Schreck mit seinem Stuhl nach hinten und landete unsanft auf dem Boden.

Denn dort, mitten auf dem Tisch, lag ein riesengroßer schwarzer Skorpion!

Im nächsten Moment schoss Kevin johlend heran, packte das scheußliche Vieh und warf es auf den Boden. Starr vor Entsetzen beobachteten die drei ???, wie sich der kleine Junge todesmutig auf das giftige Tier stürzte und es unter seinem kleinen Körper begrub.

Bob stand wie versteinert, Justus ließ klirrend seine Gabel fallen und Peter zitterte am ganzen Körper. Nur Parker war seltsam ruhig geblieben und um seine Mundwinkel spielte ein kleines Zucken.

»Ihr … müsst«, begann er stockend und vermied es, die drei ??? anzusehen, »ihr müsst entschuldigen. Ich habe Kevin von dem Skorpion erzählt, der mich gestochen hat, und auch davon, was noch am Strand passiert ist. Danach wollte er unbedingt auch so einen *Drachen* haben, wie er den Skorpion nennt. Er hat mich so lange angebettelt, bis ich ihm schließlich einen aus Gummi gekauft habe – und seitdem spielt er dauernd Justus nach, wie er den *Drachen* erlegt.«

Die drei ??? erwachten langsam aus ihrer Starre. Justus blinzelte verwirrt und sah dann Parker mit offenem Mund an, als sähe er ihn heute zum ersten Mal.

Auch Bob und Peter brauchten eine Weile, bis sie begriffen, was ihnen der Sportler eben erzählt hatte. Dann aber gluckste erst der eine, dann der andere und schließlich brachen alle in ein lautes, überschwängliches Gelächter aus.

Die drei ???

Die drei ???

... und der Karpatenhund/
... und das Narbengesicht
ISBN 978-3-570-20040-7 (DD)

... und die Fußballgangster/
... und die Diamanten-Schmuggler
ISBN 978-3-570-21293-6 (DD)

... und der Ameisenmensch
ISBN 978-3-570-21141-0

... und der Automarder
ISBN 978-3-570-20765-9

... und die Automafia
ISBN 978-3-570-27070-7

... und der Diamantenschmuggel
ISBN 978-3-570-20994-3

... und der Dopingmixer
ISBN 978-3-570-20546-4

... und das Erbe des Meisterdiebs
ISBN 978-3-570-21373-5

... und die Fußballgangster
ISBN 978-3-570-21020-8

... und das Geheimnis
der Särge
ISBN 978-3-570-20768-0

... Geheimsache Ufo
ISBN 978-3-570-21185-4

... und der gestohlene Preis
ISBN 978-3-570-20582-2

... und das Gold der Wikinger
ISBN 978-3-570-21177-9

... und der Höhlenmensch
ISBN 978-3-570-21022-2

... im Bann des Voodoo
ISBN 978-3-570-21372-8

... und die Karten des Bösen
ISBN 978-3-570-21370-4

... und der lachende Schatten
ISBN 978-3-570-21138-0

... und der magische Kreis
ISBN 978-3-570-20499-3

... und die Musikpiraten
ISBN 978-3-570-20580-8

... und der Nebelberg
ISBN 978-3-570-21371-1

5420/43

... und die Perlenvögel
ISBN 978-3-570-20583-9

... und der Schatz im Bergsee
ISBN 978-3-570-20713-0

... und die Schlucht der Dämonen
ISBN 978-3-570-27071-4

... und Spuk im Hotel
ISBN 978-3-570-20993-6

... und der Teufelsberg
ISBN 978-3-570-21180-9

... und der verrückte Maler
ISBN 978-3-570-20545-7

... und die Villa der Toten
ISBN 978-3-570-21715-3

... und der weinende Sarg
ISBN 978-3-570-20471-9

... und der Zauberspiegel
ISBN 978-3-570-21181-6

... Das Gold der Wikinger
ISBN 978-3-570-21859-4

... Der Doppelgänger
ISBN 978-3-570-21858-7

... Der Feuerturm
ISBN 978-3-570-21746-7

... Der rasende Löwe
ISBN 978-3-570-21755-9

... Der schrullige Millionär
ISBN 978-3-570-21759-7

... Die bedrohte Ranch
ISBN 978-3-570-21760-3

... Die Schattenmänner
ISBN 978-3-570-21751-1

... Schüsse aus dem Dunkel
ISBN 978-3-570-21756-6

... Die singende Schlange
ISBN 978-3-570-21754-2

... Späte Rache
ISBN 978-3-570-21752-8

... Panik im Park
ISBN 978-3-570-21739-9

... Der verschwundene Filmstar
ISBN 978-3-570-21737-5

... Der schwarze Skorpion
ISBN 978-3-570-21740-5

Jürgen Banscherus

Das Gold des Skorpions

128 Seiten, ISBN 978-3-570-22009-2

Pia fällt aus allen Wolken: Opa Puschkin ist verhaftet worden! Klar, er war mal ein berühmter Tresorknacker, aber mit der neuesten Einbruchserie hat er auf keinen Fall etwas zu tun – oder ...? Pia setzt alles daran, Puschkins Unschuld zu beweisen. Aber der »Skorpion«, sein ehemaliger Gangsterkollege, hat noch eine Rechnung mit ihm offen ...

Peter Freund

Die Drachen-Bande

Die Drachenbande, das sind Jan, Einstein, Marie und Julia. Das Baumhaus »Drachennest« ist ihr Geheimversteck. Hier stecken die verschworenen Vier die Köpfe zusammen, um über rätselhaften Ereignissen in ihrer Heimatstadt Steiningen zu brüten. Denn: Mysteriöses, Spuk und dunkle Geheimnisse ziehen die Vier geradezu magisch an – und kein Fall ist ihnen zu heiß!

Im Bann des schwarzen Ritters
224 Seiten, ISBN 978-3-570-21828-0

Das Monster aus der Tiefe
224 Seiten, ISBN 978-3-570-21829-7

Der Tanz der Gespenster
224 Seiten, ISBN 978-3-570-21830-3

5363/3

cbj

www.cbj-verlag.de